H. Göbel / W. Scheyer / M. Hahn
DEKOMPRESSION

Empfohlen von

LEHRBRIEFE FÜR DEN TAUCHSPORT
TAUCHSPORT-SEMINARE

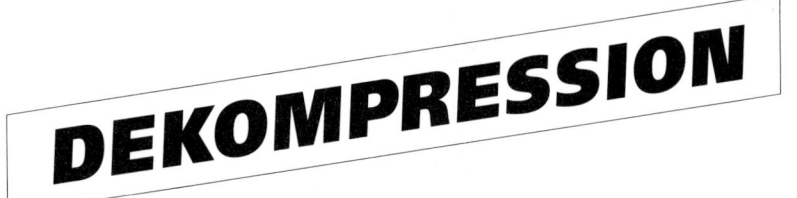

DEKOMPRESSION

H. Göbel / W. Scheyer / M. Hahn

Delius Klasing
EDITION NAGLSCHMID

Die Deutsche Bibliothek - CIP-Einheitsaufnahme

Göbel, Holger:
Dekompression / Holger Göbel; Werner Scheyer;
Max Hahn. - Bielefeld : Delius Klasing; Stuttgart:
Ed. Naglschmid, 1996
  (Lehrbriefe für den Tauchsport; Tauchsport-Seminare)
  ISBN 3-89594-050-X
NE: Scheyer, Werner; Hahn, Max; GT

ISBN 3-89594-050-X
© 1996 by Verlag Stephanie Naglschmid, Stuttgart
Herausgeber: Dr. Friedrich Naglschmid/MTi-Press, Stuttgart
Umschlaggestaltung: Buchholz/Hinsch/Hensinger, Hamburg
Titelfoto: Fred Dembny/MTi-Press
Druck: Druckerei Heinrich Schreck, Maikammer/Pfalz
Printed in Germany 1996

Dieses Buch wurde auf umweltschonendem,
chlorfrei gebleichtem Papier gedruckt.

Alle in diesem Buch enthaltenen Angaben, Daten, Ergebnisse usw. wurden von den Autoren nach bestem Wissen erstellt und von ihnen und vom Verlag mit größtmöglicher Sorgfalt überprüft. Gleichwohl sind inhaltliche Fehler nicht vollständig auszuschließen. Daher erfolgen die Angaben usw. ohne jegliche Verpflichtung oder Garantie des Verlages und der Autoren. Sie alle übernehmen deshalb keinerlei Verantwortung und Haftung für etwaige inhaltliche Unrichtigkeiten.

Geschützte Warennamen und Warenzeichen werden nicht besonders gekennzeichnet. Aus dem Fehlen solcher Hinweise kann also nicht geschlossen werden, daß es sich um einen freien Warennamen oder ein freies Warenzeichen handelt.

Alle Rechte, insbesondere das Recht der Vervielfältigung und Verbreitung sowie der Übersetzung, vorbehalten. Kein Teil des Werkes darf in irgend einer Form (durch Fotokopie, Mikrofilm oder ein anderes Verfahren) ohne schriftliche Genehmigung des Verlages reproduziert oder unter Verwendung elektronischer Systeme verarbeitet, vervielfältigt oder verbreitet werden.

Inhalt

1.	**Einleitung**	**7**
1.1	Warum Tauchsport-Seminar Dekompression?	7
1.2	Kursziel	7
1.3	Anforderungen an die Teilnehmer	7
2.	**Geschichte der Dekompressionsforschung**	**8**
3.	**Physikalische Grundlagen**	**9**
3.1	Gesetz von Henry	9
3.2	Halbwertszeiten	12
3.3	Sättigungsverlauf der Gewebe	13
4.	**Medizin**	**16**
4.1	Aufnahme und Transport von Sticksoff	16
4.2	Gewebearten	19
4.3	Sättigungstoleranzen und Übersättigung	20
4.4	Doppler-Effekt	20
4.5	Mikro- und andere Blasen	22
4.6	Blasenorganisation und deren Folgen	24
4.7	Dekompressionskrankheiten	24
4.7.1	Typ I	25
4.7.2	Typ II	25
4.7.3	Typ III	26
4.8	Chronische Dekompressionsschäden	26
4.9	Verschiedene Einflüsse auf die Blasenentwicklung	27
4.9.1	Arbeit	27
4.9.2	Dehydration	27
4.9.3.	Kälte	29
4.9.4	Foramen ovale	29
4.10	Weitere Faktoren mit Einfluß auf die Dekompression	29
4.11	Risikotauchgänge	32
5.	**Praxis**	**35**
5.1	Arbeiten mit der Tabelle	35
5.1.1	Berechnung der Null- und Dekozeiten ohne Bergseetabelle	41
5.2	Der Vorläufer: Dekompressiometer SOS	43
5.3	Computer der 1. Generation	44
5.4	Computer der 2. Generation	44
5.5	Computer der 3. Generation	45
5.6	Aufbau und Funktion	48
5.6.1	Hardware	48

5.6.2	Software	48
5.7	Grenzen des Computers	49
5.8	Sicherheitsregeln für den Gebrauch von Computern	49
5.9	Allgemeine Tauchregeln, die der Sicherheit dienen	50
6.	**Tauchunfälle**	**52**
6.1	Dekompressionsunfall	52
6.2	Lungenüberdruckunfall	53
7.	**Behandlung von Tauchunfällen**	**56**
8.	**Alternative Re- und Dekompressionsmethoden**	**61**
8.1	Nasse Dekompression mit Druckluft	61
8.2	Nasse Dekompression mit Sauerstoff	61
8.3	Alkohol zur Dekompression	62
9.	**Danksagung**	**62**
10.	**Adressen**	**63**
11.	**Tabellen**	**65**

1. Einleitung

1.1 Warum Tauchsport-Seminar Dekompression

Das Tauchen findet in einer dem Menschen fremden Umgebung statt, was viele Probleme physikalischer, medizinischer und technischer Art mit sich bringt. Während die physikalischen und technischen Fragen weitgehend gelöst sind, bleibt als Schwachpunkt immer noch der Mensch, der zwar ungeheuer anpassungs- und lernfähig ist, in seiner Ignoranz und Selbstüberschätzung trotz allen Wissens aber für die weitaus meisten Unfälle unter Wasser selbst verantwortlich ist. Gefördert wird das paradoxerweise durch die Fortschritte der Technik und der Elektronik, die dem Taucher technisch perfekte Hilfsmittel in die Hand geben und ihm dabei suggerieren, unter Wasser unschlagbar zu sein. Die Zahlen auf der Anzeige des Dekompressionscomputers zum Beispiel werden als sichere Absolutanzeige angesehen, ohne die entsprechende Hintergrundinformation über die Randbedingungen zu kennen, was unter Umständen zu Zwischenfällen führt, die dann aber von dem technikgläubigen Anwender vollkommen unverständig kommentiert werden "das kann doch nicht sein, ich hab` mich doch genau nach der Anzeige gerichtet!"

1.2 Kursziel

Ziel dieses Tauchsport-Seminares Dekompression ist es, diese Technikgläubigkeit etwas zu dämpfen, Hintergrundwissen und damit Verständnis für Zusammenhänge zu vermitteln, um dadurch richtiges Verhalten unter Wasser zu fördern und die Gefahr eines Dekompressionsunfalles zu minimieren. Dazu gehören die Kenntnisse über den richtigen Umgang mit der Tabelle ebenso wie die Interpretation der Anzeige des Tauchcomputers.

1.3 Anforderungen an die Teilnehmer

Taucherische Fähigkeiten sind hier natürlich nicht notwendig, die Teilnehmer sollten sich aber bereits mit dem Problem "Dekompression" befaßt haben, was eine Tauchausbildung irgend welcher Art voraussetzt. Physikalische, medizinische und technische Grundkenntnisse sind natürlich ebenfalls wünschenswert.

2. Geschichte der Dekompressionsforschung

Es war eine kleine Gasblase, die Robert Boyle, der von 1627 bis 1691 lebte, bei einem Unterdruckversuch im Auge einer Schlange beobachtete, die den ersten Hinweis auf eine Druckfallerkrankung gab. Die richtige Erklärung und vor allem die Auswirkungen auf die Praxis der Taucherei ließen noch lange auf sich warten. Im Jahre 1841 trat bei der ersten Benutzung eines Caissonkastens in Frankreich auch der erste Dekompressionsunfall auf. Mit der weiteren Verbreitung der kommerziellen Taucherei und den Arbeiten unter Überdruck wurden auch die Dekompressionsunfälle immer häufiger. Zur Erklärung wurden viele Theorien herangezogen, wie z.B. die zu schnelle Kompression oder die Kälte bei der Dekompression. Andere Wissenschaftler machten die Beobachtungen, daß ein langsamer Aufstieg die Gefahren verringerte, so gab schon ein Instruktionsbuch der deutschen Marine aus dem Jahre 1872 die Empfehlung, daß der Taucher langsam aufsteigen und auch Pausen einlegen sollte, wobei die empfohlene Aufstiegsgeschwindigkeit ein bis zwei Meter pro Minute betrug. 1889 wurden von Moir die ersten Behandlungsrichtlinien für Dekompressionunfälle erarbeitet. Seit dieser Zeit werden verunfallte Taucher in Überdruckkammern behandelt. Trotz dieser Kenntnisse kam es noch um die Jahrhundertwende zu zahlreichen tödlichen Druckfallunfällen bei der Erstellung von Brückenpfeilern mittels Caisson.

Bahnbrechende Untersuchungen zu diesem Thema kamen erst von Sir John Scott Haldane. Er teilte die Gewebe in fünf Kategorien mit unterschiedlichem Wasser und Fettanteil ein. Diese fünf Kategorien verfügten über unterschiedliche Sättigungsgeschwindigkeiten und Halbwertszeiten. Auch ging er in seinem Modell nicht mehr von einer linearen Sättigung, sondern von einer exponentiellen Kurve aus. Seine Theorien führten 1908 zu den ersten brauchbaren Dekotabellen. Seine grundsätzlichen Überlegungen sind dem Prinzip nach auch heute noch gültig.

Durch weiter die Entwicklung der Lungenautomaten 1943 durch Cousteau nahm das Tauchen eine neue Dimension an. Vor allem die Militärs besaßen ein gesteigertes Interesse an der Einsatzmöglichkeit von Menschen unter Wasser und setzten sich zwangsläufig mit der Dekompression auseinander. Die US Navy modifizierte das Modell von Haldane und ging von 6 Gewebegruppen aus. 1958 erschien kurze Zeit nach der Tabelle der Royal Navy die US Navy Tabelle, welche die nächsten 25 Jahre entscheidend prägten.

Mit dem Tauchgang von Hannes Keller auf eine Tiefe von 250 Meter in der Druckkammer von Toulon 1960 war die Ära des Tieftauchens angebrochen. Trotz dieses Erfolges widmete man der Dekompressionsforschung in den kommenden Jahren kein großes Interesse. Erst nach der Erdölkrise 1973 wurde der Nutzen des Tieftauchens offensichtlich und es entstanden zahlreiche Tauchmedizinische Institute. In den kommenden Jahren erlebte die tauchmedizinische Forschung einen Boom. Insbesondere die Arbeiten von Bühlmann und Hahn trugen zur Berechnung neuer Dekompressionstabellen für Sporttaucher bei.

Als 1983 die ersten elektronischen Tauchcomputer auf dem Markt erschienen, wurden sie noch milde belächelt. Von den großen, teuren „Kästen" ging jedoch in den nächsten Jahren ein neuer Trend aus. Größe und Preis schrumpften und das Tauchverhalten änderte sich erheblich. Die Zunahme der Jo-Jo Tauchgänge sowie Wiederholungstauchgänge mit kurzer Oberflächenpause zeigten die Mängel an den bisherigen Tabellen und Computern auf. Durch die immer größer werdende Zahl an Sporttauchern in den kommenden Jahren nimmt auch die Anzahl der Tauchgänge zu und mit ihr die Erfahrung über die Vorgänge bei der Dekompression.

3. Physikalische Grundlagen

3.1 Gesetz von Henry

Der englische Arzt William Henry hat Anfang des 19. Jahrhunderts ein Gesetz über die Löslichkeiten von Gasen in Flüssigkeiten aufgestellt, mit dem auch das Entstehen der Dekompressionskrankheit erklärt werden kann. Danach ist die in einer Flüssigkeit gelöste Gasmenge im Gleichgewichtszustand mit dem Gaspartialdruck an der Flüssigkeitsoberfläche proportional. Gasmoleküle durchdringen zu jeder Zeit die Flüssigkeitsoberfläche und gehen in der Flüssigkeit in Lösung, andere entweichen wieder. Ist die Menge der eindringenden und die der entweichenden Gasteilchen gleich, spricht man von einem Sättigungszustand.
Die Zeit, in der sich dieser Sättigungszustand einstellt und die Menge der in der Flüssigkeit gelösten Gasteilchen,es ist von verschiedenen Faktoren abhängig, die teilweise auch beim Tauchen wichtig sind.

Partialdruck
Je höher der Druckanteil eines bestimmten Gases über der Flüssigkeit ist, umso mehr kann von diesem Gas in der Flüssigkeit gelöst werden. Steigt der Außendruck an, gehen mehr Gasteilchen in die Flüssigkeit, als herauskommen, bis wieder ein Gleichgewicht erreicht ist. Beim Tauchen ist es der Druckanstieg beim Abtauchen, der für die zusätzliche Aufnahme von Stickstoff durch den Körper verantwortlich ist.

Zeit
Je länger ein erhöhter Partialdruck des Gases über der Flüssigkeit ansteht, umso mehr Gas wird gelöst, bis zum Sättigungszustand. Beim Tauchen entspricht die Zeitspanne unser Grundzeit.

Temperatur
Je niedriger die Flüssigkeitstemperatur ist, umso mehr Gas kann gelöst werden. Der menschlichr Körper versucht natürlich immer, eine Temperatur von 37°C zu halten, bei längeren Tauchgängen im kalten Wasser werden aber die Arme und Beine kalt, weil der Körper deren Durchblutung drosselt, um den Körperkern zu schützen. Der während der Phase der stärksten Durchblutung zu Beginn des Tauchgangs gelöste Stickstoff kann dann nicht mehr schnell genug abtransportiert werden, sodaß es zu einer Bläschenbildung in den Kapillaren der Haut kommen kann (Taucherflöhe).

Oberfläche
Je größer die Oberfläche der Flüssigkeit, umso schneller wird ein Sättigungszustand erreicht sein. Der Stickstoff beim Tauchen wird zuerst von der Lunge aufgenommen, die eine sehr große Oberfläche von etwa 100 m² hat. Der Engpaß ist aber hier das Blut, das den Stickstoff dann von der Lunge zu den verschiedenen Geweben transportiert. Beim Tauchen würde eine vermehrte Durchblutung, zum Beispiel durch Anstrengung, einer Oberflächenvergrößerung entsprechen und dadurch die Stickstoffaufnahme beschleunigen.

Löslichkeitskoeffizient

	Fett	Blut
N_2	66	12
O_2	100	23
CO_2	870	477

in ml bei Normaldruck und 37°C

Gelöste Gasmenge Q
Q = V * l * p

- p — partieller Gasdruck
- l — Lösungskoeffizient
- V — Flüssigkeitsvolumen

| Abb. 1 | **Löslichkeit** | Tauchsport-Seminar Dekompression |

Exponentieller Verlauf in Abhängigkeit von der jeweiligen Druckdifferenz und der Halbwertzeit (T)

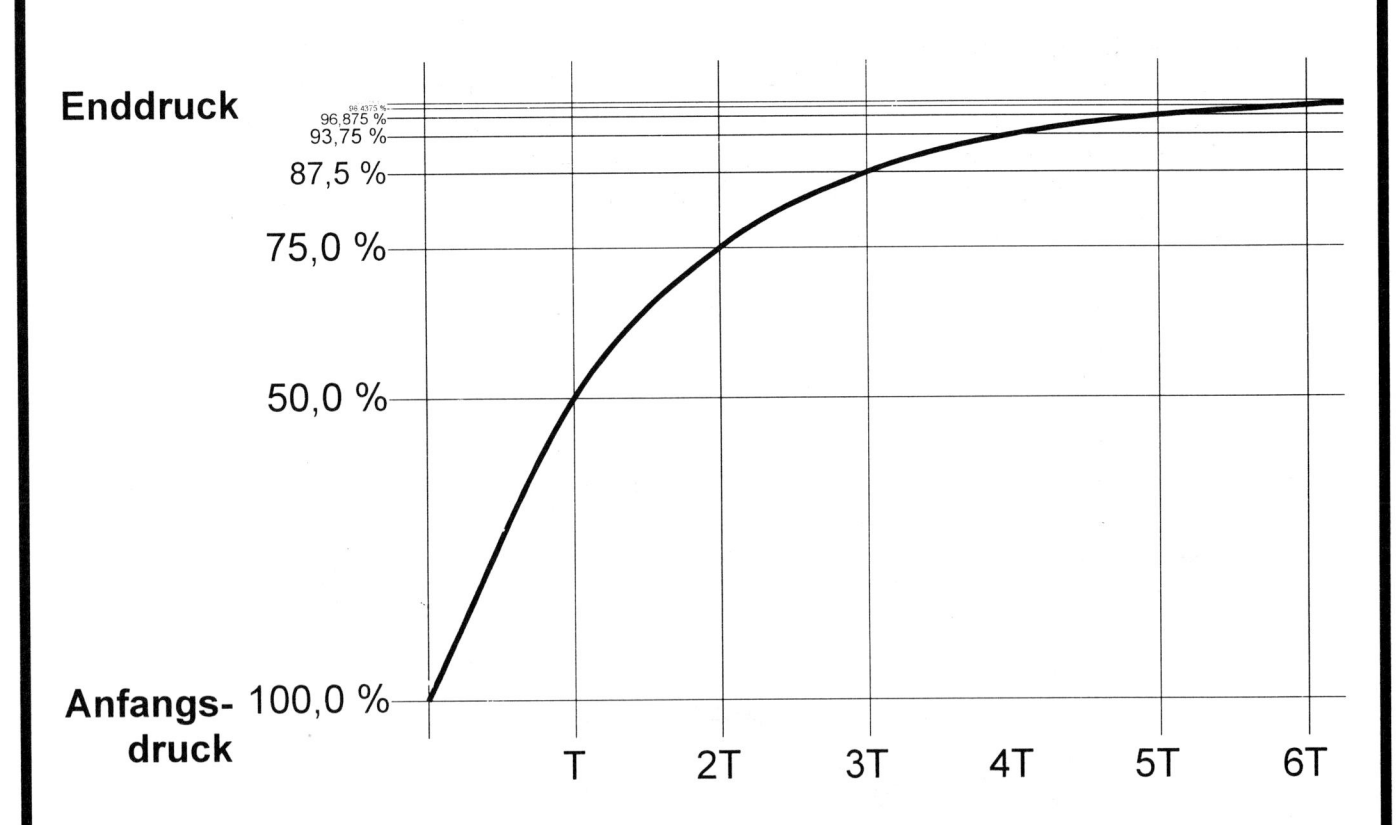

Enddruck
- 98,4375 %
- 96,875 %
- 93,75 %
- 87,5 %
- 75,0 %
- 50,0 %

Anfangsdruck 100,0 %

T 2T 3T 4T 5T 6T

Nach jedem Zeitabschnitt "T" halbiert sich die Differenz zwischen dem augenblicklichen Druck und dem Enddruck

Abb. 2	**Sättigungsverhalten**	Tauchsport-Seminar Dekompression

Lösungskoeffizient der Flüssigkeit
Je nach Art der Flüssigkeit kann mehr oder weniger Stickstoff gelöst werden. Die dabei auftretenden Unterschiede sind erheblich; so kann eine ölige Flüssigkeit bei gleichem Druck etwa fünfmal mehr Stickstoff aufnehmen kann als eine wässrige Flüssigkeit (Abb. 1). Fettleibige Taucher haben dadurch andere Sättigungs- und Entsättigungsverhalten als magere Taucher.

Lösungskoeffizient des Gases
Die Menge des in einer Flüssigkeit gelösten Gases und die Schnelligkeit, mit der sich ein Gleichgewicht einstellt, hängt auch vom Gas ab. Je kleiner die Masse des Gasteilchens ist, desto höher ist seine Eindringungs-(Diffusions)Geschwindigkeit. Helium zum Beispiel löst sich viel schneller als Stickstoff, daher gelten beim Tauchen mit Mischgasen auch andere Dekompressionstabellen.

3.2 Halbwertszeiten

Die Sättigung und Ensättigung eines Gewebes bei Änderung des Umgebungsdruckes erfolgt nicht linear, sondern in der Form einer Exponentialfunktion, d.h. in einer immer flacher auslaufenden Kurve. Die Steilheit wird gekennzeichnet durch den Begriff des Halbsättigungs- oder Halbentsättigungswertes „T", der in der Kernphysik auch als Halbwertszeit bezeichnet wird. Bei einem plötzlichen Drucksprung beim Abtauchen von ein auf zwei bar wird dieser Wert durch die Zeit gekennzeichnet, in der die Sättigung auf die Hälfte des Endwertes angestiegen ist. Nach der doppelten Halbwertszeit ist die Sättigung wiederum auf die Hälfte der noch verbliebenen Differenz angestiegen.
Nehmen wir im obigen Beispiel eine Halbwertszeit von 10 Minuten, so wäre bei einer Ausgangsdruckdifferenz von 1 bar nach 10 Minuten die Sättigung auf 50% angestiegen, nach der doppelten Halbwertszeit, also 20 Minuten auf 75%, nach der dreifachen Halbwertszeit auf 87,5% usw. Nach der sechsfachen Halbwertszeit hat die Sättigung etwa 98,4% der Endzustandes erreicht. Nach jedem Zeitabschnitt „T" hat sich also die Differenz zwischen dem augenblicklichen- und dem Enddruck halbiert, dadurch entsteht die immer mehr abflachende Kurve (Abb. 2).
Bei der Entsättigung kehren sich die Verhältnisse um. Das noch gesättigte Gewebe hätte sich dann nach 10 Minuten in unserem Beispiel zu 50 % wieder entsättigt.

3.3 Sättigungsverlauf der Gewebe

Unser Köper besteht nicht aus einer homogenen Flüssigkeit, sondern aus vielen unterschiedlichen Geweben, welche auch noch unterschiedlich stark durchblutet werden. So ist es nicht möglich, für den ganzen Körper eine einzige Halbwertszeit anzunehmen, wie es beim ersten Dekompressionsmeter der Firma S.O.S noch erfolgte. Die modernen Dekompressionsmodelle rechnen mit bis zu 16 verschiedenen Gewebegruppen, denen Halbwertszeiten zwischen 3 und über 600 Minuten zugeordnet werden (siehe 4.2). Die unterschiedlichen Halbwertszeiten führen dazu, daß nach Ablauf einer gewissen Zeit langsame Gewebe, jene mit langen Halbwertszeiten, erst minimal aufgesättigt sind, während schnelle Gewebe, das sind die mit den kurzen Halbwertszeiten, nahezu gesättigt sind (siehe Abb. 3 und 4). Die schnellen Gewebe sind mehr für die kurzen tiefen Tauchgänge relevant, während die langsamen Gewebe mehr bei häufigen Wiederholungstauchgängen an mehreren aufeinanderfolgenden Tagen ausschlaggebend sind. Eine weitere Schwierigkeit bei der Dekompressionsberechnung ist die Tatsache, daß ein bestimmtes Gewebe bei der Aufsättigung eine andere Halbwertszeit haben kann als bei der Entsättigung. Dies gilt zum Beispiel für die Haut, die zu Beginn des Tauchganges noch gut durchblutet ist und den Stickstoff relativ schnell aufnimmt, am Ende des Tauchganges aber zum Schutz des Körperkernes weniger durchblutet wird, sodaß die Entsättigung wesentlich langsamer erfolgt.

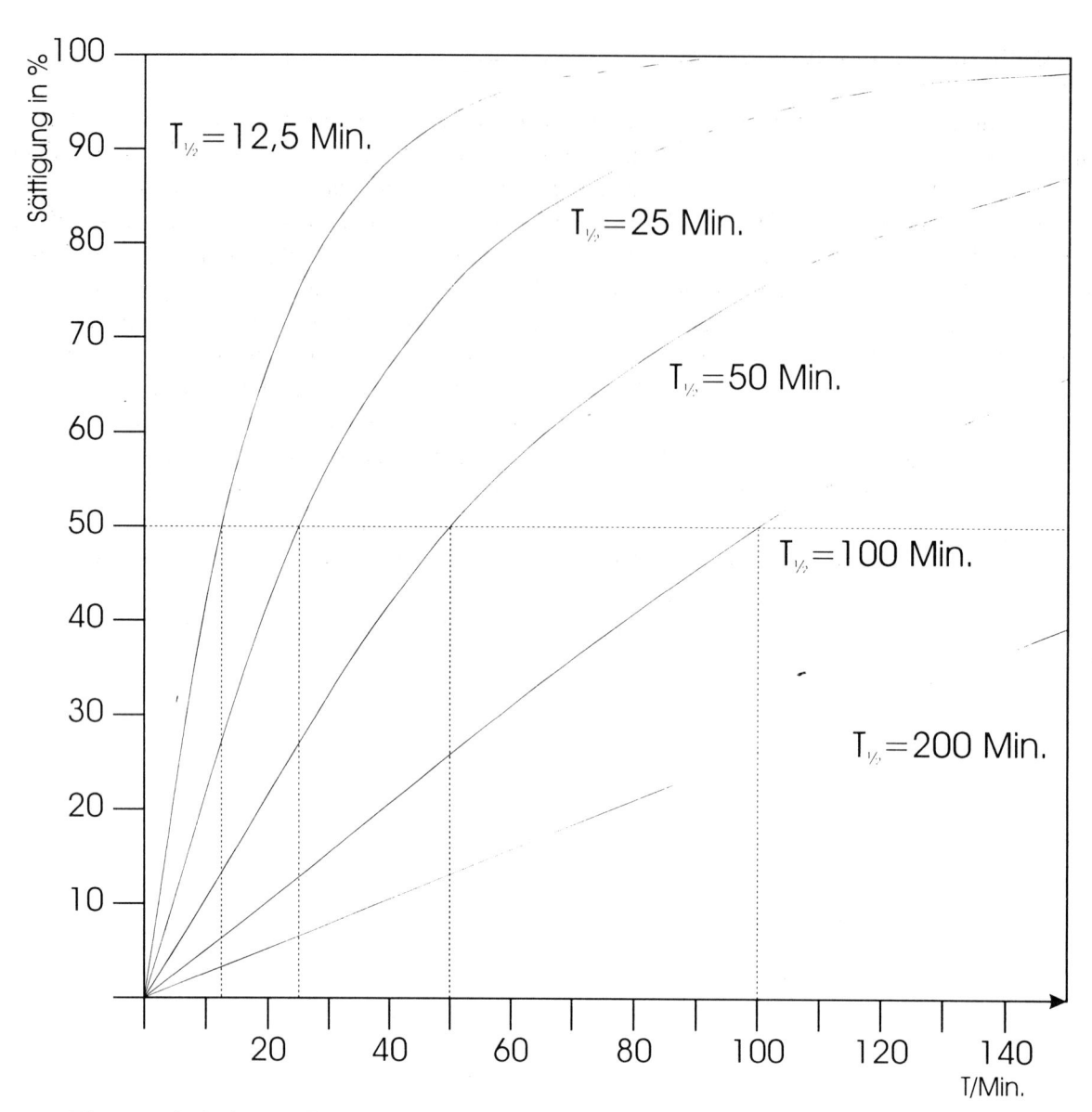

Zum gleichen Zeitpunkt in der Aufsättigungsphase befinden sich die Kompartimente mit unterschiedlichen Halbwertzeiten in einem anderen Sättigungszustand

Abb. 3 — **Aufsättigung** — Tauchsport-Seminar, Dekompression

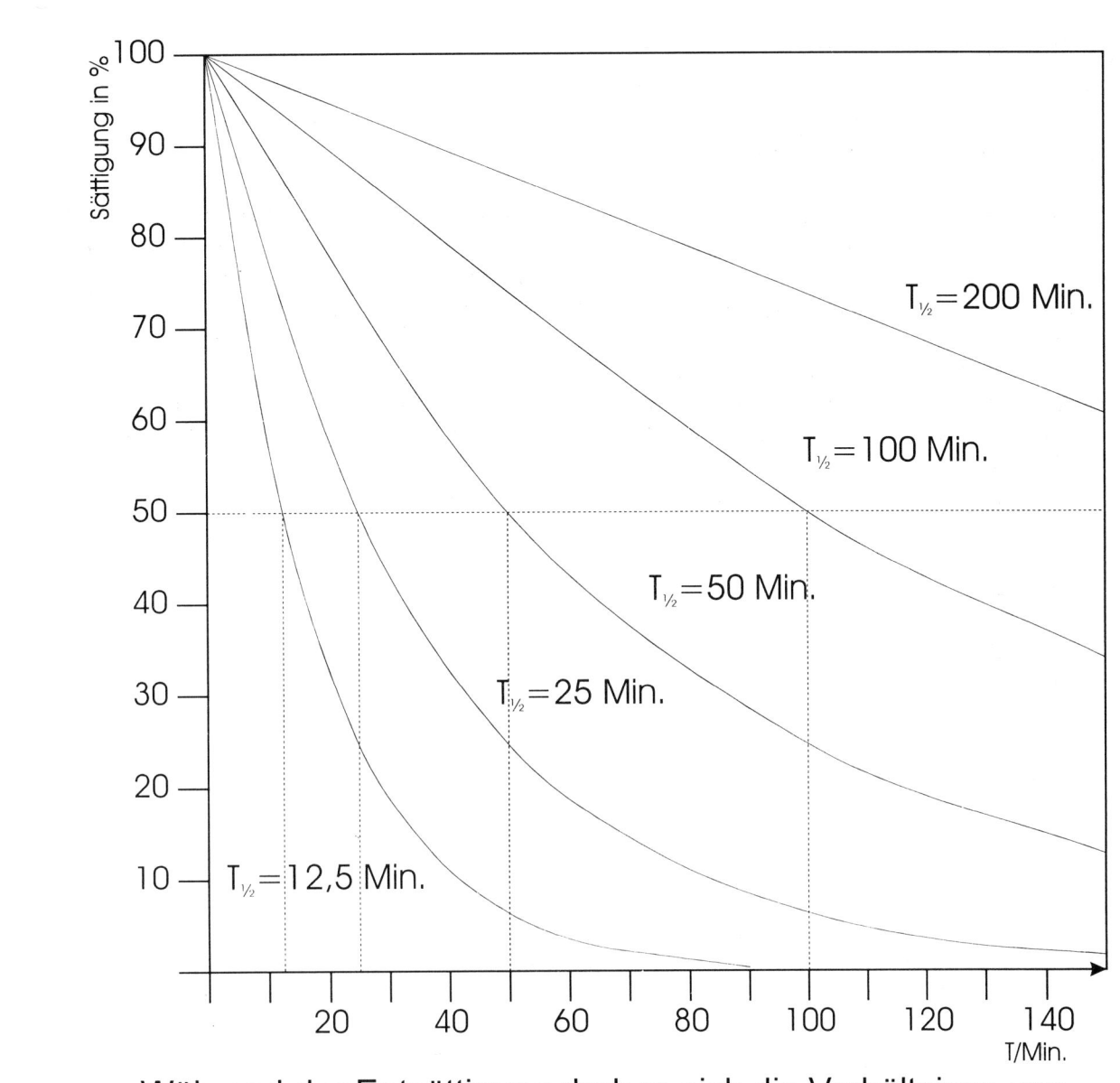

Während der Entsättigung drehen sich die Verhältnisse um:
Schnelle Kompartimente entsättigen im gleichen Zeitraum
schneller als langsame Kompartimente

Abb. 4 — **Entsättigung** — Tauchsport-Seminar, Dekompression

4. Medizin

4.1 Aufnahme und Transport von Stickstoff

Entsprechend dem Gesetz von Henry löst sich Stickstoff in unserem Körper. Dies ist auch schon bei normalem atmosphärischen Druck (1013 mbar) der Fall. Nach dem Gesetz von Dalton entfällt, aufgrund des hohen Anteils von Stickstoff mit 78% auch der größte Anteil des Partialdruckes auf Stickstoff. Atmen wir nun Luft mit einem Druck von 1013 mbar ein, so verändert sich die Konzentration der Einatemgase bis in die Alveolen. Aufgrund des Verbrauchs von Sauerstoff (O_2) und der Produktion von Kohlendioxid (CO_2) verändern sich die Partialdruckverhältnisse zu Ungunsten des Sauerstoffs. Auch ist der Anteil von Wasserdampf in unseren Atemwegen in der Regel höher als der in der Umgebung. Diese veränderten Verhältnisse führen zu einer Verschiebung der Partialdrücke der einzelnen Gase in der Lunge. Der Luftdruck in der Lunge mit 1013 mbar setzt sich wie folgt zusammen:

Normaldruck	Lungendruck
0,79 bar Stickstoff	0,76 bar Stickstoff
0,21 bar Sauerstoff	0,13 bar Sauerstoff
0,00 bar Wasserdampf	0,06 bar Wasserdampf
0,00 bar Kohlendioxid	0,05 bar Kohlendioxid
1,00 bar Luftdruck	1,00 bar Luftdruck

Von den Alveolen diffundiert der Stickstoff ins Blut. Mit ihm wird er auf arteriellem Weg durch das linke Herz in den gesamten Organismus transportiert. Vom Blut aus diffundiert er in alle anderen Gewebe des Körpers. Bei einem Luftdruck von 1013 mbar löst sich ca. 1 Liter Stickstoff in unserem Körper. Dieser verteilt sich jedoch nicht gleichmäßig auf den gesamten Körper. Blut und andere wässrige Gewebe nehmen pro 100 ml dabei 1 ml Stickstoff auf. Auf eine gleiche Menge Fett entfallen dagegen 5 ml. Bis eine vollständige Sättigung mit Stickstoff erreicht ist, vergeht eine gewisse Zeit, die vom langsamsten Gewebe bestimmt wird. Sie dauert mindestens 50 Stunden und wird beim Sporttauchen wohl nicht erreicht werden.

Tauchen wir nun mit einem Drucklufttauchgerät auf eine Tiefe von 40 Meter ab, so wird der Stickstoffpartialdruck in den Lungen auf das fünffache ansteigen, also auf etwa 4 bar. In unserem Körper herrscht jedoch ein Stickstoffpartialdruck von nur etwa 0,8 bar. Die Folge ist eine Druckdifferenz von 3,2 bar. Der Stickstoff wird nun entlang dieses Gradienten von den Lungenalveolen ins Blut wandern. Dies geschieht sehr schnell und das Blut ist beim Verlassen der Lunge bereits mit einem Stickstoffpartialdruck von 4 bar gesättigt. In den Geweben angelangt, herrscht jetzt wiederum eine Druckdifferenz zwischen dem inzwischen aufgesättigten Blut und dem Gewebe. Der Druckausgleich vollzieht sich hier in gleicher Weise wie schon in der Lunge, Stickstoff wandert ins Gewebe. Dies dauert jedoch länger als der Druckausgleich zwischen Blut und Lunge. Einmal besitzt der Organismus nur 5 Liter Blut, die den Stickstoff der wesentlich größeren Masse des Körpers anbieten. Fast alle Gewebe nehmen den Stickstoff langsamer auf als Blut. Weiterhin ist zu bedenken, daß mit kleiner werdender Druckdifferenz die Diffusionsgeschwindigkeit abnimmt.

Beim Auftauchen drehen sich die Druckverhältnisse um. Bei langsamer Druckentlastung diffundiert der Stickstoff aus dem Blut in die Lunge und wird dort abgeatmet. Entlang dem entstehenden Druckgefälle zwischen Blut und Gewebe wird der Stickstoff aus den Geweben zurück ins Blut diffundieren (Entsättigung). Dieser Prozeß wird, wie bei vollständiger Sättigung, ebenfalls über 50 Stunden dauern.

4.2 Gewebearten

Wie schon in 3.1 erklärt wurde, lösen sich Gase in Flüssigkeiten. Nun besteht unser Körper nicht aus einer homogenen Flüssigkeit, sondern aus vielen unterschiedlichen Geweben. Diese wiederum besitzen unterschiedliche Anteile an Fett und Flüssigkeit. Fett löst 5 mal mehr Stickstoff als andere Flüssigkeiten. In 4.1 wurde bereits angesprochen, daß der Stickstoffpartialdruck des Blutes beim Verlassen der Lunge dem Stickstoffpartialdruck der Umgebung entspricht. Das Blut ist also das Transportmittel für Stickstoff in unserem Körper. Allerdings ist die Durchblutung des Körpers sehr unterschiedlich. Prinzipiell sind reich kapillarisierte Gewebe gut durchblutet und wenig kapillarisierte wenig durchblutet. So unterscheidet man in stark- (z.B. Nerven), mäßig- (z.B. Muskeln), schwach- (z.B. Fett) und kaum- (z.B. Knochen) durchblutete Gewebe (Abb. 5). In diesem Zusammenhang muß ebenfalls berücksichtigt werden, daß Haut und Muskulatur ca. die Hälfte des Körpergewichtes ausmachen. Hinzu kommt, daß die Durchblutung starken Schwankungen unterliegt. So beträgt das Herzminutenvolumen in Ruhe ca. 5 bis 6 Liter und kann bei Belastung auf 17 bis 18 Liter ansteigen. In der Folge ändern sich auch die Durchblutungsraten, so steigt die Durchblutung der Muskulatur in Arbeit um des zehnfache an. Weiterhin muß berücksichtigt werden, daß fettreiches Gewebe 5 mal mehr Stickstoff aufnehmen kann als fettarmes, mit der Folge einer langsameren Auf- und Entsättigung. Entscheidend für ein Gewebe-Kompartiment des Körpers ist die Durchblutungsrate, die die Halbwertszeit bestimmt (Abb. 6). Bei der Dekompressionsberechnung wird der menschliche Körper als eine Gruppe von 6 bis 12 Geweben (Kompartimente) betrachtet, welche alle parallel vom Blutkreislauf mit Stickstoff aufgesättigt und wieder entsättigt werden. Bei Versuchen kam man dabei auf Halbwertszeiten von 3-6 Minuten bis hin zu 635 Minuten. Das Verhältnis von kurzen zu langen Halbwertszeiten ergibt sich aufgrund der unterschiedlichen Durchblutungsraten der Kompartimente. So beträgt der Durchblutungswert der Niere das 100 bis 130 fache pro Gewichtseinheit im Gegensatz zu Knochen und Gelenken, genau dem Verhältnis der kurzen zu den langen Halbwertszeiten. Eine genauere Zuordnung dieser Kompartimente, auch als Gewebe bezeichnet, zu anatomischen Organen oder Geweben ist jedoch nur sehr begrenzt möglich. Bei der Dekompressionsberechnung ist die Wahl eines dichten Netzes von Kompartimenten entscheidend für die Sicherheit. Ein enges Netz ermöglicht bei gleicher Sicherheit kürzere Dekostops als ein grobes Netz. Im Bereich der Sporttaucherei muß bei den Dekompressionsmodellen berücksichtigt werden, daß Kompartimente mit kurzen Halbwertszeiten ausschlaggebend für die Dekompression sind, hingegen Kompartimente mit langen Halbwertszeiten erst bei mehreren Wiederholungstauchgängen eine Rolle spielen.

Alveole

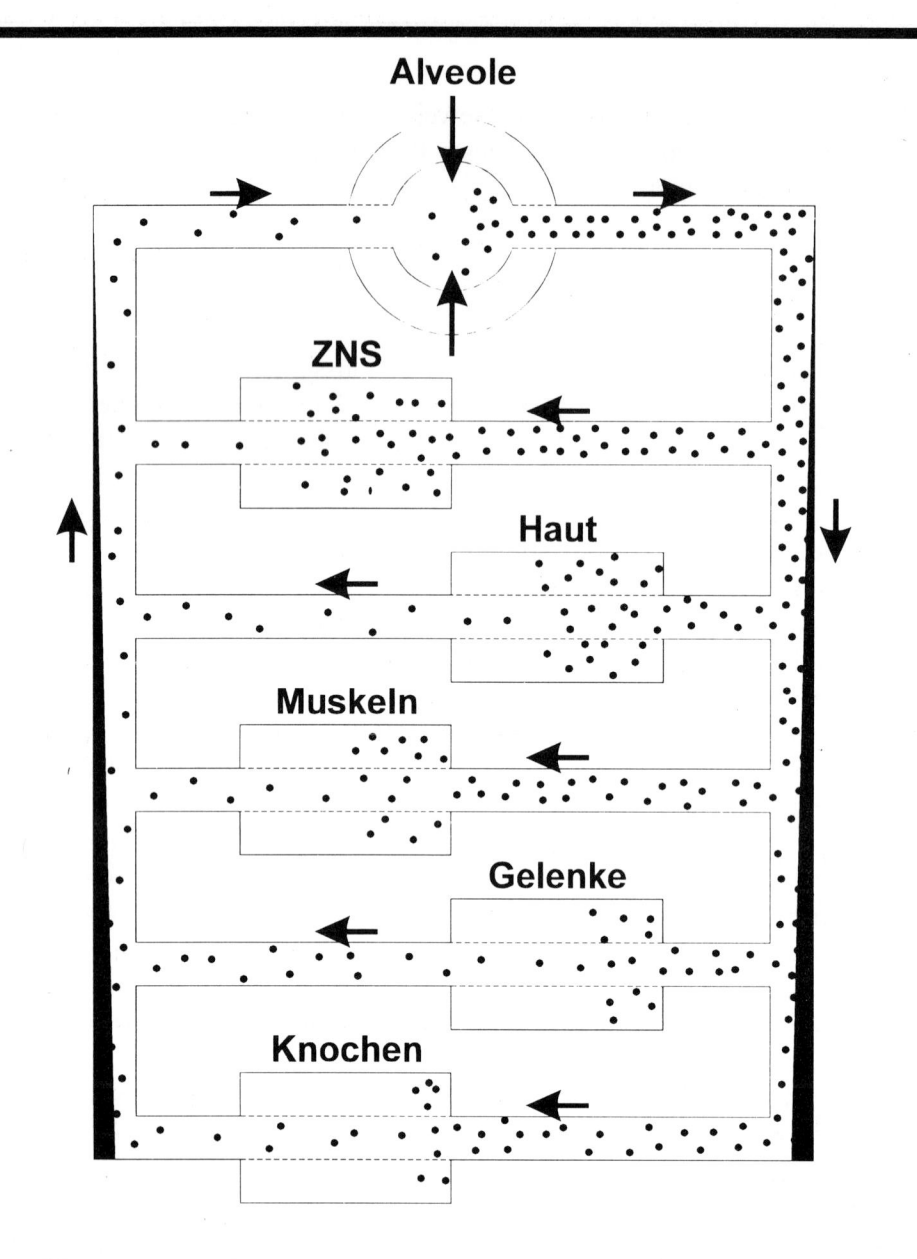

ZNS

Haut

Muskeln

Gelenke

Knochen

Bei der Kompression sind schnelle Gewebe schon zu einem erheblichen Teil gesättigt, während sich in langsameren Geweben noch relativ wenig Stickstoff befindet. Bei der Dekompression drehen sich diese Verhältnisse um.

Abb. 5	**Körperkreislauf**	Tauchsport-Seminar Dekompression

	Gewicht [kg]	Durchblutung [l/min/kg KG]		Halbwerts-zeiten
		Ruhe	Arbeit	
Rest incl. Blut + Lunge	9,2			SCHNELL
Nieren	0,3	4,00	3,00	
Gehirn + Rückenmark	1,7	0,50	0,50	
Leber	1,5	0,80	0,60	MITTEL
Magen-Darm-Milz	4,0			
Herz	0,3	0,70	2,00	
Haut	4,0	0,08	0,20	
Skelettmuskulatur	30,0	0,04	0,40	LANGSAM
Fettgewebe	12,0	0,03	0,04	
Gelenke + Knochen	12,0	0,03	0,06	

Gewichtsanteil der verschiedenen Gewebe bei einem 75 kg schwerem Menschen sowie die Änderung der Durchblutung in Abhängigkeit von der Belastung

Gewebeanteile

Abb. 6

Tauchsport-Seminar

Dekompression

4.3 Sättigungstoleranzen und Übersättigung

Beim Abtauchen steigt der Umgebungsdruck. Während des Tauchganges nehmen wir Stickstoff vermehrt in den einzelnen Kompartimenten auf. Beginnen wir mit dem Aufstieg, so sinkt der Umgebungsdruck und mit ihm auch die Löslichkeit für Stickstoff. Dabei reduziert sich die in unserem Körper gelöste Stickstoffmenge nach den in 3.2 erläuterten Kurven. Wie daraus ersichtlich, steigt die Sättigung während des Tauchgangs relativ schnell an, unser normales Tauchprofil gibt dem Stickstoff jedoch keine Zeit, den Körper während des Tauchganges wieder zu verlassen. Am Ende des Tauchganges ist der Lösungsdruck also geringer als die Menge an gelöstem Stickstoff. Die Folge ist eine Übersättigung unseres Körpers mit Stickstoff. Daß dieser nicht sofort ausperlt und zur Dekompressionskrankheit führt, verdanken wir einer gewissen Übersättigungstoleranz der Gewebe. Das bedeutet, eine Blasenbildung beginnt nicht sofort, wenn der Umgebungsdruck den momentanen Lösungsdruck geringfügig unterschreitet. Diese Aussage betrifft die einzelnen Kompartimente jedoch unterschiedlich. Schnelle Gewebe besitzen eine höhere Übersättigungstoleranz als langsame Gewebe. Wird zum Beispiel nach einem Aufenthalt von 48 Stunden in einer Tiefe von 3,7 Meter sofort aufgetaucht, so lassen sich nur vereinzelte Blasen im Blut nachweisen. Nach einem solchen Tauchgang sind zwar auch die langsamen Kompartimente gesättigt, dennoch können die schnellen Kompartimente offensichtlich den Stickstoffüberdruck abbauen, bevor sich Blasen bilden können. Würde dieser Tauchgang auf einer Tiefe von 10 Metern durchgeführt werden, so wäre mit einem schweren Dekompressionsunfall zu rechnen. Experimente konnten zeigen, daß zwischen Umgebungsdruck und toleriertem Stickstoffüberdruck eine lineare Beziehung besteht. Die Übersättigungstoleranzen unserer Gewebe machen Tauchen erst möglich, und sie spielen bei der Berechnung der Koeffizienten für die Dekompression eine entscheidende Rolle.

4.4 Doppler-Effekt

Dieser Effekt wird oft erwähnt, wenn es um die Erfassung der bei der Dekompression entstehenden Mikroblasen im venösen Blut geht. Er ist gekennzeichnet durch scheinbare Frequenzverschiebungen eines Signales beim Vorbeifahren der Signalquelle an einem Beobachter. Steht ein Beobachter zum Beispiel bei einem Autorennen an einer langen, geraden Strecke, so fällt der bis dahin konstante hohe singende Ton in der Freuenz stark ab (der Ton wird tiefer), wenn der Rennwagen den Beobachter passiert. Je höher die Geschwindigkeit des Fahrzeugs, umso größer der Frequenzabfall. Der Effekt entsteht dadurch, daß bei einer Bewegung der Schallquelle auf den Beobachter zu mehr Schallwellen pro Zeiteinheit beim Beobachter eintreffen (kürzere Wellenlänge, höhere Frequenz). Enfernt sich die Signalquelle, sind es entsprechend weniger. Bei der Ultraschall Doppler-Methode wird die Situation umgekehrt. Der Ultraschallsender steht fest und sendet sein Signal in die Venen. Dort vorbeikommende Mikroblasen erzeugen eine Reflexion, die vom Empfänger registriert wird. Auch dabei entsteht durch die Bewegung eine Frequenzverschiebung. Gasblasen im venösen Blut können natürlich auch ohne die Ausnütznug des Dopplereffektes durch einfache Reflextion registriert werden. Die Mikroblasen, deren Durchmesser ja in der Größenordnung von wenigen tausendstel Millimeter liegt, lassen sich aber nur vor dem Hintergrundrauschen des strömenden Blutes nachweisen, wenn mit einer sehr hohen Sendefrequenz von 1 bis 5 MHz und dem Dopplereffekt gearbeitet wird. Die durch die Bewegung auftretende Frequenzverschiebung liegt dann im Bereich der Hörfrequenz.

4.5 Mikro- und andere Blasen

Der sich nach jedem Tauchgang bildende Stickstoffüberdruck führt in unserem Körper trotz Übersättigungstoleranzen zu einer Mikroblasenbildung im venösen Blut. Mittels eines Ultraschallgerätes (Doppler-Effekt) lassen sich, z.B. in der Schlüsselbeingrube, solche Blasen nachweisen. Sie entstehen in den Geweben, aus denen der gelöste Stickstoff ausperlt. Von dort werden sie in den venösen Kreislauf eingeschwemmt und gelangen somit in die Lunge. Die Folge ist eine venöse Gasembolie, die nicht zu Symptomen der Dekompressionkrankheit führt. Da Haut und Muskulatur etwa die Hälfte des Körpergewichtes ausmachen, wundert es nicht, daß die Mikroblasen zum Großteil aus diesen Geweben stammen. In der Lunge angekommen, führen die Blasen zu einer teilweisen Verstopfung der Lungenkapillaren und damit zu einer Veränderung der Durchblutungsverhältnisse. Die Verstopfung führt zu einer Druckzunahme im venösen Teil des Lungenkreislaufes. Dadurch werden bis dahin verschlossene ateriovenöse Kurzschlüsse eröffnet. In deren Folge entsteht eine vermehrte Zumischung von venösem zu arteriellem Blut, auch als Rechts-Links-Shunt bezeichnet. Bleibt das Shuntvolumen unter 30%, so kommt es in der Regel zu keinen Symptomen. Der Rechts-Links-Shunt nimmt am Ende des Tauchganges aufgrund der Anreicherung mit Blasen zu und verringert sich dann wieder, da der Nachschub aus den Geweben geringer wird und der Stickstoff aus den Mikroblasen in die Alveolen diffundiert. Mit einer Erhöhung des arteriellen Stickstoffpartialdruckes verzögert sich aber auch die Abgabe von Stickstoff aus dem Körper, da dieser noch einmal durch den Körperkreislauf geschleust wird, bevor er die Lunge wieder erreicht. Die in den Geweben und Kapillaren entstehenden Mikroblasen führen ebenfalls zu einer verzögerten Stickstoffabgabe aus den betroffenen Geweben. Die entstandenen Mikroblasen erhöhen die Diffusionsstrecke für Stickstoff in durchblutete Gewebeanteile und somit die Stickstoffabgabe (Abb. 7). Diese Tatsache muß bei der Dekompression mit berücksichtigt werden und macht sich sowohl bei Wiederholungstauchgängen als auch beim Fliegen nach dem Tauchen bemerkbar. Niedergeschlagen haben sich diese Ergebnisse in Form von Korrekturfaktoren bei den neueren Dekompressionstabellen sowie in Programmen von Computern der dritten Generation. Erst nach 3 Stunden ist dieser Rechts-Links-Shunt so gering, daß er für eine normale Entsättigung nicht mehr relevant ist.

Mikroblasen entstehen zwar nach jedem Tauchgang, zu Symptomen der Dekompressionkrankeit führen sie jedoch nicht. Übersteigt die Gasspannung von Stickstoff die Übersättigungstoleranz massiv, so werden die entstehenden Gasblasen so groß, daß sie Symptome hervorrufen. In den Geweben führt dies zuerst zu einer Blutleere (Ischämie) und im weiteren zu Gewebezerreißungen. Bemerkbar machen sich diese Schäden als Taucherflöhe, Muskel- und Gelenkschmerzen (Bends) oder als Innenohrstörungen. Eine weitere Folge der Zerreißung von Fettzellen ist die Fettembolie, bei der feinste Fetttröpfchen ins venöse Blut gelangen und zu einer Lungenembolie führen können. Gelangen größere Gasblasen in den venösen Kreislauf, führen sie ebenfalls zu einer Lungenembolie, die jedoch im Gegensatz zu der der Mikroblasen deutlichere Symptome besitzt. Die verstopften Lungenkapillaren führen zu einem erhöhten Druck im Lungenkreislauf (pulmonale Hypertonie) und zu einem Rückstau von Blut im venösen Kreislauf. Ab einem Überdruck von 150% führt dies über atemabhängige Schmerzen hinter dem Brustbein (Chokes) hin zu Herzversagen mit Kreislaufkollaps. Übersteigt der pulmonale Druck 120% so wird der Rechts-Links-Shunt so groß, daß Blasen in das arterielle System übertreten. Sie gelangen dorthin über das Foramen ovale, oder über, bei normalem Lungenkreislauf geschlossene, arteriovenöse Kurzschlüsse. Die arteriellen Gasblasen führen häufig zu Schädigungen im Gehirn und Rückenmark mit den verschiedensten Symptomen. Diese reichen von Kribbeln in den Fingern oder Füßen, über Seh- und Sprachstörungen bis hin zu Halbseitenlähmungen.

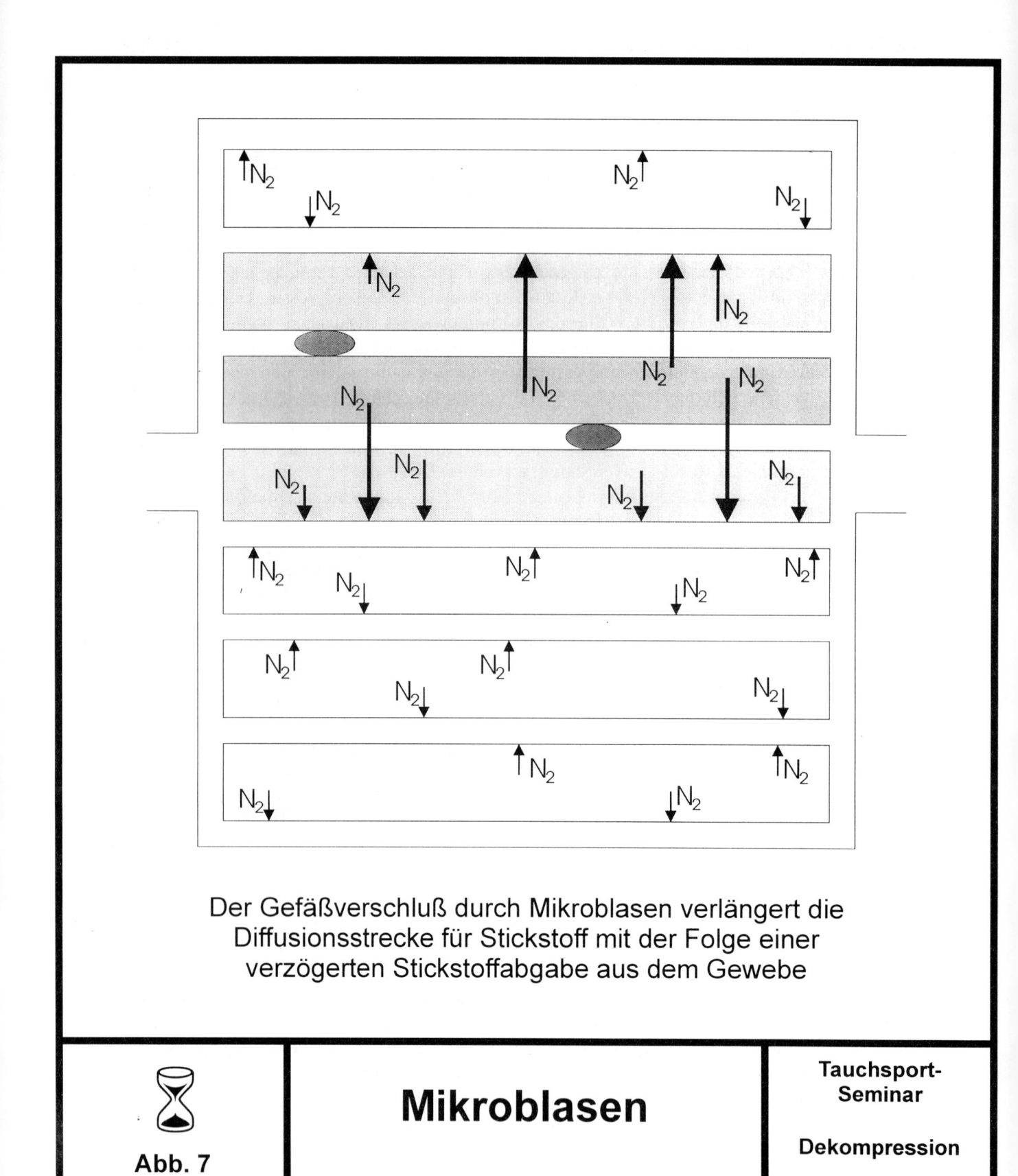

Der Gefäßverschluß durch Mikroblasen verlängert die Diffusionsstrecke für Stickstoff mit der Folge einer verzögerten Stickstoffabgabe aus dem Gewebe

Abb. 7	**Mikroblasen**	Tauchsport-Seminar Dekompression

4.6 Blasenorganisation und deren Folgen

Unser Körper verfügt über die Möglichkeit, Wunden im Gefäßsystem innerhalb kürzester Zeit zu verschließen, andernfalls würden wir bei der kleinsten Verletzung verbluten. Das Resultat kennt jeder von uns, in einer frischen Wunde bildet sich Blutschorf.
Dieser ist das Produkt einer komplizierten Kette von Faktoren, auch als Gerinnungssystem bezeichnet. Diese bewirken, daß in unserem Blutplasma ein Netz aus feinen Fäden entsteht, in dem sich dann Blutplättchen und rote Blutkörperchen verfangen. Die Folge ist ein Blutgerinnsel (Thrombus), welches zum Gefäßverschluß führt. Das Gerinnungssystem läßt sich über eine Reihe von Faktoren aktivieren, wie eine Strömungsverlangsamung in den Gefäßen, einer Bluteindickung (erhöhte Viskosität), Gefäßverletzungen oder Fremdkörper.
Jede größere Gasblase in unserem Körper wird vom Abwehrsystem als Fremdkörper erkannt und auf ihrer Oberfläche läuft nun eine Gerinnung ab. Die Folgen sind fatal, in dem durch die Gasblase verstopften Gefäß entsteht nun noch ein Gerinnungsthrombus, der zu einer weiteren Verstopfung führt. Selbst wenn die Gasblase sich wieder abbaut, oder durch Rekompression verkleinert wird, bleibt der Verschluß des Gefäßes bestehen. Aus dem Gefäßverschluß resultiert wegen fehlender Durchblutung ein Sauerstoffmangel in den angrenzenden Geweben, der, wenn er lange genug anhält, zum Absterben dieser Gewebe führt (Abb. 8). Durch den Sauerstoffmangel kommt es zu einer Schädigung der Gefäßwände, in deren Folge ein Plasmaaustritt aus dem Gefäßsystem in das geschädigte Gewebe erfolgt. Daraus resultiert wiederum eine Eindickung des Blutes, mit einer erhöhten Gerinnungsbereitschaft des Körpers. In der weiteren Entwicklung kommt es aufgrund der erhöhten Viskosität des Blutes zu einer Zusammenballung der roten Blutkörperchen. Dies wiederum bewirkt eine verminderte Fließgeschwindigkeit des Blutes mit einer noch höheren Gerinnungsbereitschaft. Dieser Teufelskreislauf kann mit einer Gerinnung in den verschiedensten Organen des Körpers enden und somit zum Tode führen.

4.7 Dekompressionskrankheiten

Vom Ende des Tauchganges bis zum Beginn der ersten Symptome der Dekompressionskrankheit vergeht in der Regel eine gewisse Zeit. Vergleicht man verschiedene Statistiken, so kommt es in über 60% der Fälle innerhalb einer halben Stunde zum Auftreten der ersten Symptome. Nur noch 10% der Symptome treten zwischen einer halben und einer Stunde nach dem Tauchgang auf, lediglich 5% zwischen 12 und 24 Stunden danach.
Eine gewisse Müdigkeit nach dem Tauchgang ist normal und kennzeichnet das Ende einer Streßphase, nämlich den Aufenthalt unter erhöhtem Druck. Sollte diese Müdigkeit sehr stark ausgeprägt sein oder sich verstärken, so kann dies jedoch auch auf eine beginnende Dekompressionserkrankung hinweisen.

freie Blutbahn

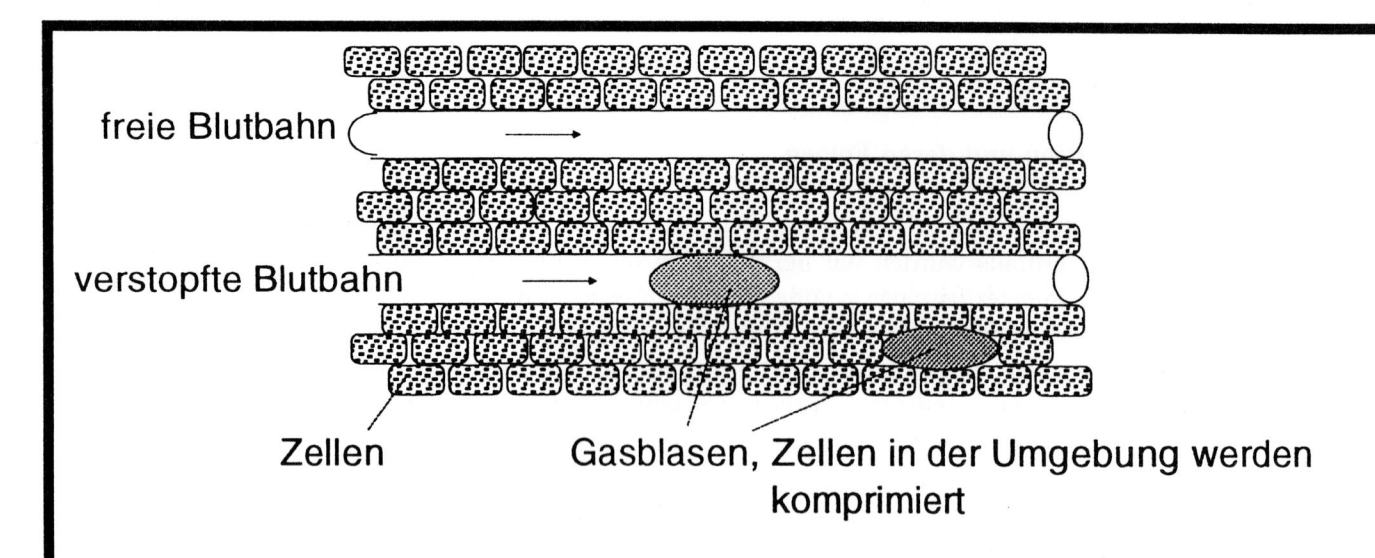

verstopfte Blutbahn

Zellen   Gasblasen, Zellen in der Umgebung werden komprimiert

0 - 4 Stunden nach dem Unfall: Die Gasblasen können noch durch zunehmenden Druck (Rekompression) verkleinert werden und wandern dadurch mehr in die Außenbezirke, der unterversorgte Bereich wird kleiner.

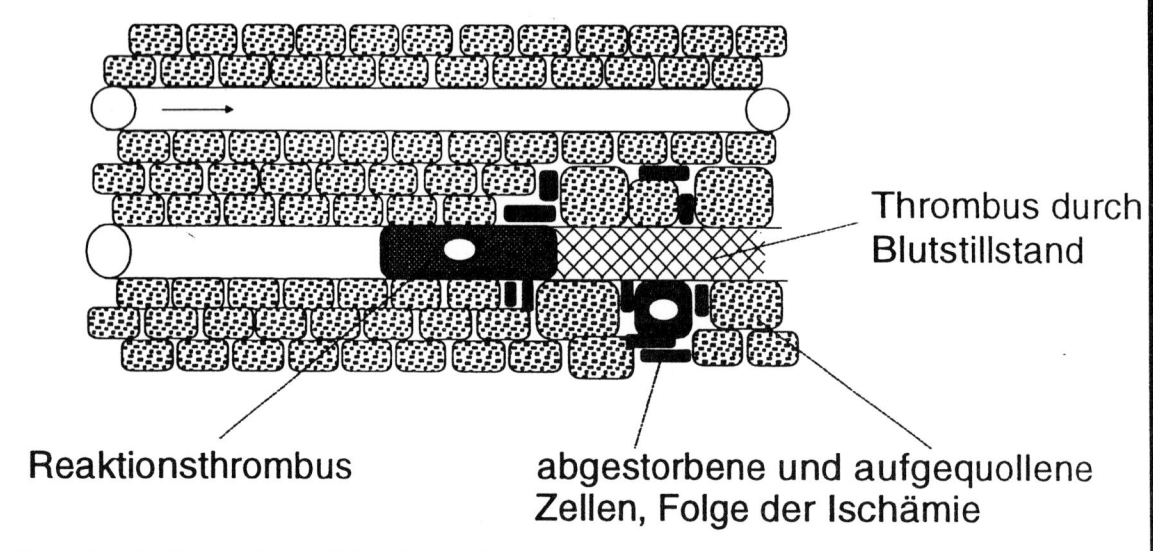

Thrombus durch Blutstillstand

Reaktionsthrombus   abgestorbene und aufgequollene Zellen, Folge der Ischämie

Nach mehr als 4 Stunden: Die Gasblasen sind weitgehend resorbiert, das Gefäß wird aber durch den Thrombus weiterhin verschlossen. Durch den Sauerstoffmangel sterben die Zellen ab.

Abb. 8	**Blasenorganisation**	Tauchsport-Seminar Dekompression

4.7.1 TYP I

Der Typ I der Dekompressionskrankheit weist als Symptom nur Schmerzen auf. Sie können sich zwar innerhalb einiger Tage ohne Druckkammerbehandlung vollständig zurückbilden, sind jedoch häufig mit dem Typ II verbunden. So können „harmlosen" Taucherflöhen innerhalb weniger Minuten bis Stunden schwere Symptome des Typs II folgen. Entstehen Symptome des Typ I schon während des Tauchgangs, so werden sie zu den Typ II-Symptomen gerechnet, da davon ausgegangen werden muß, daß sich ein schwerer Dekounfall anbahnt. Die Symptome des Typ I sind Schmerzen in Gelenken (Bends) sowie Armen und Beinen, Hautrötungen und Juckreiz (Taucherflöhe), sowie umschriebene Schwellungen, hervorgerufen durch Gasblasen in den Lymphbahnen.

Bends beginnen häufig mit einem tauben Gefühl in den betroffenen Gelenken und Muskeln. Innerhalb einer Stunde kommt es dann zu dumpfen, pochenden Schmerzen, welche in benachbarte Gebiete ausstrahlen können.

Die Taucherflöhe gehören zu den bekanntesten Hauterscheinungen. Die häufig mit Rötung einhergehenden Hauterscheinungen machen sich an Ohren und Nase sowie an Handgelenken und Unterarmen bemerkbar. Taucherflöhe, die bei einem Druckkammertauchgang entstehen, sind meist keine eigentlichen Taucherflöhe sondern Luft, die in Hautporen gelangt ist, sich dort nach dem Gesetz von Boyle und Mariotte ausdehnt, und dann zu Hauterscheinungen führt.

Wie aus den vorangegangenen Kapiteln hervorging, gehören Haut und Muskulatur zu den langsameren Geweben des Körpers, die zwei Drittel des Gesamtgewichts ausmachen. Daher verwundert es nicht, daß der Typ I gehäuft nach längeren Tauchgängen im flacheren Tiefenbereich auftritt.

4.7.2 TYP II

Typ II der Dekompressionskrankheit zeichnet sich durch Symptome aus, die bei der Beteiligung von Gehirn, Rückenmark, Herz und Lunge entstehen. Seine Symptome können zu schwersten gesundheitlichen Störungen führen und lebensbedrohlich werden, und sind deshalb schon bei den kleinsten Anzeichen behandlungsbedürftig. Die Symptome können an den einzelnen Organen isoliert auftreten, in der Regel handelt es sich jedoch beim Typ II um eine Mischform. Sie entstehen sowohl durch Gefäßverschlüsse infolge von Gasblasen, als auch durch direkte Blasenbildung in den Geweben. Die schwerwiegendsten Komplikationen im Hinblick auf eine dauerhafte Genesung entstehen in Gehirn und Rückenmark. Beide Gewebe sind sehr empfindlich gegenüber Sauerstoffmangel und die in 4.5 beschriebenen Vorgänge betreffen sie besonders. Die Symptome beim Befall des Gehirns reichen von extremer Müdigkeit über migräneähnliche Kopfschmerzen, Seh- und Sprachstörungen, Gangunsicherheiten und Koordinationsstörungen bis hin zu Bewußtseinsstörungen. Ist lediglich das Innenohr betroffen, so kommt es zu Ohrgeräuschen, Hörverlust, Schwindel und starkem Erbrechen. Der relativ häufige Befund des Rückenmarks beginnt oft mit dumpfen Rückenschmerzen, in deren weiterem Verlauf es zu sensiblen und motorischen Ausfällen bis hin zur Querschnittslähmung kommt. Die sensiblen Ausfälle äußern sich häufig in Form von reithosenförmigen Sensibilitätsausfällen. Die motorischen Ausfälle äußern sich in muskulären Schwächen der unteren Extremitäten, sowie Blasenstörungen. Die Gasblasenembolie der Lunge führt, wie bereits erwähnt, zu stechenden Schmerzen bei tiefer Atmung, in deren Folge es zu einer sehr flachen Atmung kommt. Atemnot und Hustenanfälle sind typisch für „Chokes". Liegt eine schwere Symptomatik vor, so kann es zum Puls- und Blutdruckabfall mitunter sogar zum Herzversagen kommen.

Bei der Behandlung kommt es primär darauf an, die Herz-Kreislauf-Situation zu stabilisieren. Die Langzeitprognose ist jedoch eng mit den Schäden an Hirn und Rückenmark verknüpft und läßt sich nur durch eine rasche Druckkammerbehandlung verbessern. Gehirn, Rückenmark, Lunge und Blut gehören zu den schnellen Geweben. Kommt es zum Überschreiten der erlaubten Übersättigung, so entsteht die Symptomatik innerhalb von Minuten bis hin zu zwei Stunden.

4.7.3 TYP III

In jüngster Zeit ist sehr viel über diesen Typ von Dekompressionskrankheit diskutiert worden. Heute weiß man, daß es sich hierbei um eine Kombination von einer das Gehirn und Rückenmark betreffenden Dekompressionserkrankung und einer arteriellen Gasembolie handelt. Durch kleinste Risse in der Lunge gelangen bei einem Lungenüberdruckunfall winzige Luftmengen aus der Lunge ins arterielle Blut. Für sich allein betrachtet wäre dieser Zustand harmlos, es würde zu keinen Symptomen kommen, und die Luftblasen würden wieder resorbiert werden. Nun treffen diese Luftblasen jedoch auf stickstoffübersättigte Gewebe. Dies führt zu einer Diffusion von Stickstoff in die Luftblasen und damit zu einem Wachstum der Blasen. Die Folge ist eine Dekompressionserkrankung vom Typ II, mit einer Gehirn und Rückenmark betreffenden Symptomatik.

4.8 Chronische Dekompressionsschäden

Unter chronischen Dekompressionschäden versteht man Komplikationen, die nicht unmittelbar nach dem Tauchgang auftreten, sondern erst nach Monaten oder Jahren. Für die Schäden, die die späteren Beschwerden hervorrufen, sind Gasblasen verantwortlich, die keine direkten Symptome hervorrufen. Diese „stummen" Blasen bilden sich in den langsamen Geweben wie Knochen und Knorpel. Dort führen sie zum Gewebeuntergang, in der Medizin als aseptische Knochennekrose bezeichnet, der dann Symptome hervorruft. Die häufig in den Oberarmköpfen sowie Oberschenkelköpfen und -Hälsen auftretenden Gewebeschäden neigen zur Verschlechterung, auch wenn es zu keinen weiteren Druckexpositionen kommt. Aus Untersuchungen weiß man, daß die chronischen Dekompressionsschäden vermehrt bei Tauchern auftreten, die bereits an einer Dekompressionkrankheit vom Typ I oder II erkrankt waren. Allen chronischen Dekompressionsschäden ist gemeinsam, daß sie sich nicht durch eine Druckkammerbehandlung bessern lassen.

4.9 Verschiedene Einflüße auf die Blasenentwicklung

4.9.1 Arbeit

Bei der Berechnung der Dekompressionstabellen wird eine mittlere Arbeitsleistung zugrundegelegt. Kommt es während des Tauchganges zu einer vermehrten Arbeit, z.B. durch Strömung, so nimmt die Durchblutung der Muskulatur zu. Aufgrund der erhöhten Durchblutung nimmt die Aufsättigung in diesen Geweben zu. Im Gegensatz dazu bleibt die Aufsättigung in den Geweben, die bei vermehrter Arbeit nicht vermehrt durchblutet werden, z.B. Gehirn, gleich. Während der Dekompressionphase ruht sich der Taucher normalerweise aus, mit der Folge einer verringerten Durchblutung und somit mit einer verringerten Entsättigung der Muskulatur. Aus diesem Grund muß bei vermehrter Arbeit ein verlängerter Dekostop eingelegt werden. Bei kurzer, starker Anstrengung wird in der Dekotabelle die nächst höhere Zeitstufe abgelesen, bei längerer, starker Anstrengung müssen 50% zur Grundzeit zugeschlagen werden. Beim Tauchen mit Computern können nur Computer der dritten Genaration mit Luftverbrauchsberechnung vermehrte Arbeit berücksichtigen, bei älteren Modellen sollte ein entsprechender Sicherheitsstop eingelegt werden.

Da aber auch an der Oberfläche in der Regel die Arbeitsleistung geringer ist als während des Tauchganges, verzögert sich die Entsättigung. Somit kommt es zu einer deutlich verringerten Übersättigungstoleranz und damit zu verlängerten Entsättigungszeiten und Flugverbotszeiten. Diese verzögerte Entsättigung wird nicht durch eine nachträglich vermehrt Arbeit verbessert, da zu diesem Zeitpunkt bereits Mikroblasen in den betroffenen Geweben entstanden sind.

4.9.2 Dehydration

Dehydration ist ein Mangel an Körperwasser, der sowohl das Blut, als auch die Gewebe betrifft. Dieser Zustand kann durch verschiedene Einflüsse hervorgerufen werden. Nicht nur schwitzen oder zu wenig trinken führt zu einer Dehydration sondern auch das Tauchen. Beim Eintauchen unseres Körpers in Wasser kommt es durch Verringerung der Schwerkraft zu einer Verschiebung von Blut aus den Beinen in den Brustraum. Im Herzen befindliche Rezeptoren messen eine erhöhte Menge an Blutvolumen und sorgen dafür, daß Wasser über die Nieren ausgeschieden wird. Jeder kennt das Gefühl, daß nach einiger Zeit unter Wasser ein entsprechender Harndrang einsetzt. Weiterhin gibt es Getränke wie Kaffee, Tee und Alkohol, die zu einer vermehrten Wasserausscheidung führen. Eine zusätzliche Rolle spielt hier die Kälte, in deren Folge es auch zu einer Zentralisierung des Blutes in Bauch und Brustraum kommt.

Alle diese Mechanismen führen zu einer Eindickung des Blutes und zu einer erhöhten Gerinnungsbereitschaft. Kommt es nun am Ende des Tauchganges zu Mikroblasen, welche sich unter normalen Umständen in der Lunge sammeln und dort wieder resorbiert würden, so werden sie nun schneller als Fremdkörper erkannt. Auf ihrer Oberfläche läuft eine Gerinnung ab, deren Blutgerinnsel (Thromben) dann zu den Symptomen einer Dekompressionkrankheit führen.

Es empfiehlt sich also vor Tauchgängen reichlich Flüssigkeit zu sich zu nehmen. Auch sollte der Konsum von Kaffee und Alkohol vor dem Tauchen unterlassen werden, dies gilt auch für den Abend davor.

4.9.3 Kälte

Wie Arbeit besitzt auch Kälte einen Einfluß auf die Durchblutung und somit auf die Auf- und Entsättigung. Unser Körper ist bemüht, den Wärmeverlust so gering wie möglich zu halten, um eine konstante Körperkerntemperatur von 37 C° zu erhalten. Aus diesem Grund kommt es, in Abhängigkeit von Temperatur und Zeit, zu starken Durchblutungsänderungen. Bei Wärme reagiert der Körper mit einer Gefäßerweiterung und Zunahme der Durchblutung, bei Kälte mit einer Abnahme der Durchblutung durch Zusammenziehen der Hautgefäße. Normalerweise tritt die stärkste Auskühlung am Ende eines Tauchganges, nämlich in der Dekompressionsphase auf. In dieser Phase wird der dort angereicherte Stickstoff langsamer als normal entsättigt, benötigt also mehr Zeit, um den Körper wieder zu verlassen.

Beim Tauchen mit einer Dekompressionstabelle muß bei kaltem Wasser die nächst höhere Zeitstufe abgelesen werden. Wird ein Computer benutzt, so sollte bei Computern der ersten und zweiten Generation ein zusätzlicher Sicherheitstop von 3 Minuten auf 3 Metern eingehalten werden. Bei Computern der dritten Generation erfolgt bei Tauchgängen in kalten Gewässern automatisch ein Zeitzuschlag.

4.9.4 Foramen ovale

Das Foramen ovale stellt beim ungeborenen Kind eine Verbindung zwischen dem rechten und linken Vorhof dar. Es dient als Kurzschluß des Lungenkreislaufs, der im Mutterleib noch nicht benötigt wird. Diese Verbindung wächst normalerweise nach der Geburt zu. Bei 25 bis 30 Prozent der Erwachsenen findet diese Verwachsung der Öffnung nicht statt. Durch den höheren Druck im linken Vorhof wird allerdings durch eine Art Ventilmechanismus diese Öffnung verschlossen gehalten. Dadurch wird verhindert, daß venöses Blut ohne Kontakt mit der Lunge auf die arterielle Seite gelangt. Bei Erhöhung des Druckes im Brustraum, wie beim Druckausgleich, starkem Husten oder der Preßatmung kommt es zu einer Erhöhung des Druckes im rechten Vorhof. Dadurch wird das Ventil kurzzeitig geöffnet und Blut kann direkt vom venösen in den arteriellen Kreislauf gelangen. Befinden sich zu diesem Zeitpunkt Mikroblasen im rechtem Vorhof, so gelangen diese ins arterielle Blut und somit in die Gewebe (Abb. 9).

4.10 Weitere Faktoren mit Einfluß auf die Dekompression

In diesem Abschnitt werden einige weitere Faktoren aufgeführt, die das Restrisiko vergrößern und teilweise von den Computerprogrammen nicht oder nur ungenügend erfaßt werden:

- Alter: Abhängig vom Trainingszustand und von der Lebensweise. Bei veränderten Oberflächen (arteriosklerotische Wandveränderungen) der Blutgefäße z.B. verändertes Strömungsverhalten und dadurch verzögerte Entsättigung sowie ein erhöhtes Thromboserisiko.

- Angst: Verstärkte Atmung und erhöhtes Herzminutenvolumen. Dadurch erhöhter Transport von Stickstoff in den Körper und dadurch erhöhte Stickstoffsättigung.

- Alkohol: Neben der eingeschränkten Kritikfähigkeit und der höheren Anfälligkeit für den Tiefenrausch führt er auch zu einer stärkeren Durchblutung der kapillaren Blutgefäße, schnellerer Sättigung, stärkerer Auskühlung und dadurch verzögerter Entsättigung. Weiterhin besitzt Alkohol eine dehydrierende Wirkung.

Vereinfachte Darstellung eines Herzen mit einem offenen Foramen ovale

- Vene vom großen Kreislauf (mit Mikrobläschen)
- Vene von der Lunge
- Arterie zum kleinen Kreislauf (Lunge)
- Arterie zum großen Kreislauf
- Foramen ovale mit übergetretenen Mikrobläschen

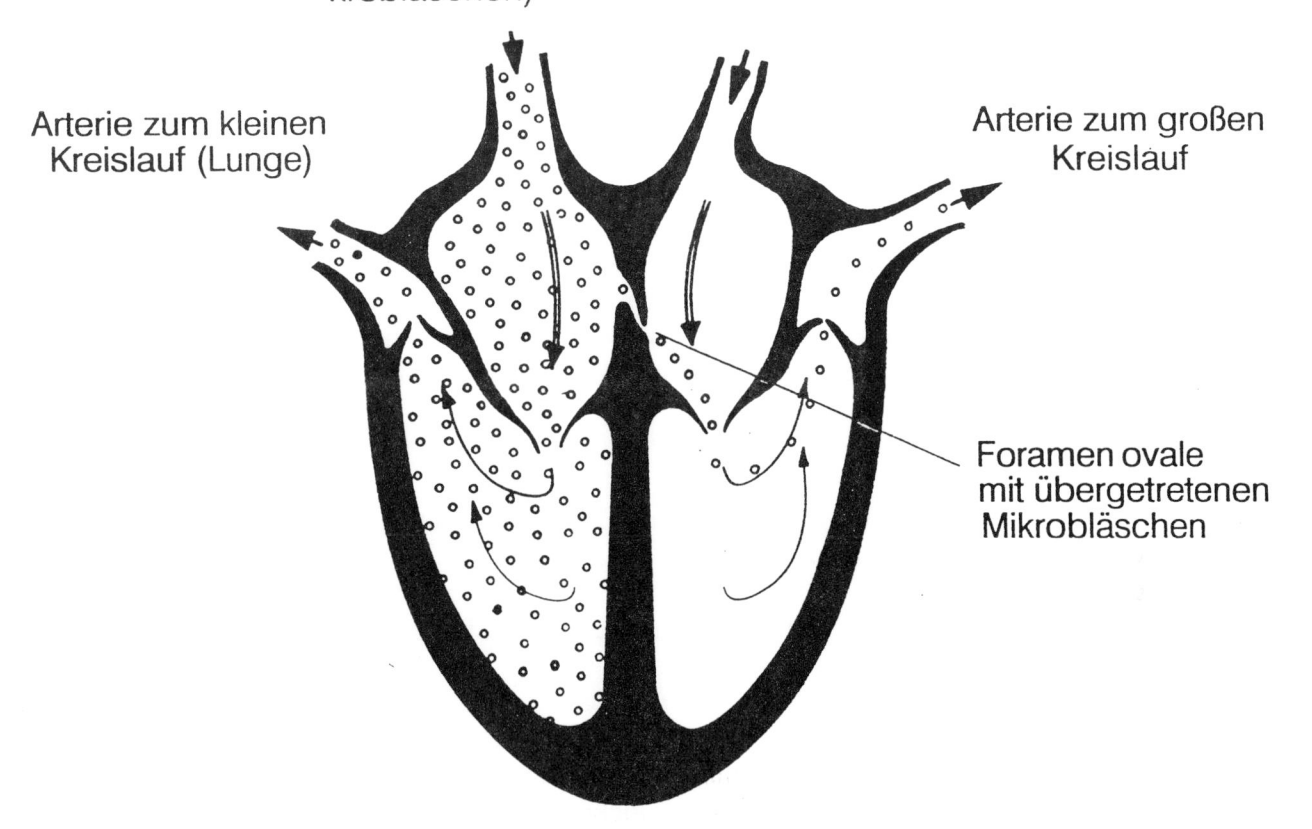

Rechte Herzkammer   Linke Herzkammer
jeweils mit Vorkammer und Herzklappen

Normalerweise sind linke und rechte Herzkammer volkommen voneinander getrennt. Bei teilweise offenem Foramen ovale gelangen unter besonderen Umständen Mikroblasen vom venösen in den arteriellen Kreislauf.

| Abb. 9 | **Foramen ovale** | Tauchsport-Seminar Dekompression |

- Arbeit und Sport vor dem Tauchen: Erhöhter Flüssigkeitsverlust durch Schwitzen und Atmung, dadurch veränderte Fließeigenschaften des Blutes, höhere Gerinnungsneigung. Besonders sportliche Betätigung bis zu 24 Stunden vor dem Tauchen in Verbindung mit einem Muskelkater. Mikroverletzungen und Aufquellen des Muskelgewebes sollen die Anfälligkeit für Dekompressionsunfälle erhöhen.

- Arbeit während des Tauchens: siehe 4.9.1

- Arbeit und Sport nach dem Tauchen: Verstärkte Bildung von Mikroblasen und schnellere Ausschwemmung. Dadurch teilweise Blockierung des Lungenfilters, verzögerte Entsättigung in der Oberflächenpause und mögliche Bildung von größeren Blasen, die zu einem Dekompressionsunfall führen können.

- Bergseetauchen: Veränderte Druckverhältnisse beeinflussen die Stickstoffsättigung und Entsättigung. Kürzere Nullzeiten und längere Dekompressionszeiten.

- Dehydration: siehe 4.9.2

- Drogen: Je nach Art und Wirkungsweise der Droge möglicherweise abweichendes Sättigungs- und Entsättigungsverhalten.

- Durchfall: Höherer Flüssigkeits- und Salzverlust, entspricht in der Auswirkung der Dehydration.

- Einschnürungen: z.B. durch zu enge Bänder an den Instrumenten oder am Messer wird die Entsättigung behindert, die Sättigung dagegen, die in der Tiefe erfolgt, wenn die Bänder wegen des zusammengepreßten Neoprens locker sind, wird nicht behindert.

- Erhöhter CO_2 Partialdruck im Blut: Entsteht bei hohem Atemwegswiderstand, Erschöpfung und Essoufflement. CO_2 kann in die Mikrobläschen eindringen und diese vergrößern. Zusätzlich verstärkt die Anregung des Atemzentrums die Stickstoffaufnahme.

- Fettleibigkeit: Fettgewebe ist meist sehr schlecht durchblutet und kann zudem etwa 5 mal mehr Stickstoff aufnehmen als wäßrige Gewebe. Je nach Art des Tauchganges verändern sich dadurch die Sättigungs- und Entsättigungsverhältnisse.

- Fliegen und Paßfahrten nach dem Tauchen: Durch die Drucksenkung in der Kabine des Flugzeugs um 20-30%, bzw. den geringeren Druck auf der Paßhöhe kann es bei noch übersättigten Geweben zu einer Blasenbildung kommen.

- Heißes Bad, Sauna, heiße Dusche: Schnelle Erwärmung der Haut und der Extremitäten hat eine stärkere Bildung von Mikroblasen in den Kapillaren zur Folge. Diese werden dann schwallartig in den venösen Teil des Kreislaufs eingeschwemmt. Dies kann zur Folge haben, daß die Filterwirkung des Lungenstromgebietes herabgesetzt ist und Mikroblasen durch den arteriovenösen Shunt in den arteriellen Kreislauf gelangen.

- Husten und Pressen beim Druckausgleich: Durch die stoßartigen Druckwellen und die durch die Druckzunahme bedingte Druckverschiebung kann es im Brustkorb zu einem Übertritt von Mikroblasen durch die Rechts-Links Shunts (Lunge, Foramen ovale) in den arteriellen Kreislauf kommen.

- Kälte: siehe 4.9.3

- Kurze Oberflächenpausen: Bei jedem schnellen Aufstieg aus Tiefen über 7 Meter bilden sich Mikroblasen. Sie werden, wie bereits erwähnt, vom venösen Blut zur Lunge transportiert und dort im Lungenfilter resorbiert und abgeatmet. Der Abbau der Mikroblasen in der Lunge erfolgt aber sehr langsam., dadurch ist die Durchblutung und damit die Stickstoffentsättigung verzögert. Erst nach etwa 2 Stunden ist die Durchblutung wieder normal. Wird in dieser Zeit erneut getaucht, ist noch eine größere Restsättigung der Gewebe vorhanden als rechnerisch zu vermuten wäre. Diese Verzögerung muß berücksichtigt werden.

- Mangelnde körperliche Kondition: Durch deutlich erhöhte Belastung des Atmungs- und Kreislaufsystems schon bei geringer Belastung kommt es zu einer vermehrten Stickstoffaufnahme.

- Medikamente: Abhängig von der Art des Medikaments. Es wird z.B. vermutet, daß bronchienerweiternde Medikamente die Passage des Lungenfilters durch Mikroblasen fördern.

- Foramen ovale: siehe 4.9.4

- Pille: Sie verändert die Fließeigenschaften des Blutes und erhöht die Gerinnungsbereitschaft des Blutes.

- Rauchen: Neben einer erhöhten Gefahr für Lungenüberdruckunfälle wird der Gasaustausch in der Lunge und damit die Entsättigung gestört.

- Schneller Aufstieg: Vermehrte Bildung von Mikroblasen, auch innerhalb der Nullzeit. Die Gefahr der Bildung von größeren Blasen wächst. Die Entsättigung verzögert sich durch die teilweise Blockierung des Lungenfilters.

- Seekrankheit: Flüssigkeits- und Salzverlust führen zu einer Dehydration.

- Streß: Beschleunigter Puls und eine verstärkte Atmung sowie Muskelverspannungen führen zu einer stärkeren Stickstoffsättigung.

- Wiederholungstauchgänge: Restübersättigungen auch durch teilweise Blockierung des Lungenfilters durch Mikroblasen und dadurch verzögerter Entsättigung summieren sich bei jedem Wiederholungstauchgang. Die Sättigung betrifft dann auch die sehr langsamen Gewebe, welche bei Einzeltauchgängen kaum betroffen sind.

- Yo-Yo-Tauchgänge: Die sich bei den Einzelaufstiegen bildenden Mikroblasen summieren sich bei mehreren kurzen Aufstiegen. In der Folge kommt es zu einer Blockierung des Lungenfilters, dadurch zum Übertritt von Mikroblasen in das arterielle Blut mit einer vergrößerten Gefahr der Bildung größerer Blasen. Ebenfalls verzögert sich die Entsättigung.

4.11 Risikotauchgänge

Betrachtet man die Tatsache, daß Tauchgänge mit Computer in der Regel längere Nullzeiten ermöglichen als vergleichbare Tauchgänge mit einer herkömmlichen Tabelle, so würde man zunächst ein höheres Risiko in Hinblick auf die Wahrscheinlichkeit von Dekompressionsunfällen bei Tauchcomputern erwarten. Vergleicht man Statistiken der letzten Jahre über Dekompressionsunfälle, so findet sich jedoch kein erhöhtes Risiko für Tauchcomputer. Erstaunlich ist ebenfalls die Tatsache, daß ca. die Hälfte aller Dekompressionunfälle innerhalb der Tabellenvorschriften liegen. Betrachtet man die einzelnen Unfälle, so gibt es eine Reihe von Tauchprofilen, bei denen das Risiko, einen Dekompressionsunfall zu erleiden, erhöht ist, sogenannte Risikotauchgänge. Nicht nur Tieftauchgänge oder gar mißachtete Dekostops fallen in diese Kategorie, sondern eine Vielzahl anderer Tauchprofile. Wie im vorangegangenen Absatz beschrieben, zählen hierzu auch Tauchgänge im kalten Wasser, sowie eine erhöhte Arbeitsleistung. Auch Wiederholungstauchgänge und Non-Limit-Tauchen führen zu einer starken Aufsättigung der langsamen Gewebe und somit zu einem erhöhten Dekompressionsrisiko. Im Gegensatz zu den langsamen Geweben sind die schnelleren Gewebe bei sogenannten Jojo-Tauchgängen, hierunter versteht man mehrere Auf- und Abstiege während eines Tauchganges, und schnellen Aufstiegen verstärkt gefährdet. Aber auch nach dem Tauchen besteht ein erhöhtes Risiko, wenn trotz Restsättigung der Umgebungsdruck weiter abgesenkt wird, wie beim Fliegen oder beim Überqueren eines Passes. Aus diesen Gründen ist es ratsam, die Anzeigen der Tauchcomputer äußerst kritisch zu betrachten. Dies betrifft auch Computer der neueren Generationen. Jedes Zusatzrisiko (siehe 4.9) sollte sich in einer nahe der Oberfläche verlangsamten Aufstiegsgeschwindigkeit und in zusätzlichen Sicherheitsstopps niederschlagen, auch wenn der Computer keine Dekopausen anzeigt.

5. Praxis

Auch wenn man im Besitz eines Tauchcomputers ist, sollte immer noch eine Tabelle dabei sein, in deren Handhabung man dann natürlich auch fit sein muß. Die in Deutschland derzeit gültigen Tabellen DECO '92 Version 2, die hier in der Folge auch erklärt werden, wurden von Dr. Max Hahn neu berechnet aufgrund einer Risikoanalyse der früher verwendeten Bühlmann-Hahn-Tabellen. Die ersten Tabellen wurden noch überwiegend statistisch ermittelt, zeigte es sich, daß das Restrisiko bei Verwendung einer Tabelle zu hoch war, wurde diese korrigiert (Abb. 10). Bei der Berechnung der derzeit gültigen Tabellen flossen zusätzlich die Ergebnisse der neueren Dekompressionsforschung mit ein, trotzdem beinhaltet jede Tabelle immer noch ein gewisses Restrisiko, da es ein generell für alle Menschen gültiges Berechnungsmodell nicht geben kann. Auch die Art und der Ablauf eines Tauchganges hat noch einen großen Einfluß auf das Restrisiko (siehe hierzu die allgemeinen Tauchregeln, Kap 5.10). Da die Dekompression auch abhängig ist vom Außendruck, werden für Bergseen andere Tabellen erforderlich. Die DEKO '92 unterscheidet zwischen der Dekompressionstabelle für Meere und Gewässer bis 700 m über NN und den Dekompressionstabelle für Gewässer über 700 m bis 1500 m über NN. Die zweite Tabelle wird auch als Bergseetabelle bezeichnet. Sie wird auch dann erforderlich, wenn der Tauchgang zwar im Meer erfolgt, anschließend aber mit der Bahn oder dem Auto ein höher liegender Paß überquert werden soll.

5.1 Arbeiten mit der Tabelle

Bevor das Arbeiten mit der Tabelle erklärt wird, müssen die Begriffsbestimmungen festgelegt und erläutert werden (Abb. 11):

Abtauchzeit	die Uhrzeit, an der mit dem Abtauchen begonnen wird (Einstellung des Zeitringes der Uhr; der Computer startet automatisch bei etwa einem Meter Tiefe)
Abtauchgeschwindigkeit	sie wird mit 30m/min angenommen, oder so schnell, wie es der Druckausgleich zuläßt. Es sind aber auch andere Abtauchgeschwindigkeiten zulässig.
Tiefe	es ist die maximale Tiefe, die bei diesem Tauchgang, wenn auch nur kurz, aufgesucht wurde.
Grundzeit	es ist die Zeit vom Beginn des Abtauchvorganges bis zu dem Moment, an dem mit dem Auftauchen begonnen wird. Die Auftauchgeschwindigkeit muß dabei etwa 10m/min betragen, wird langsamer aufgetaucht, weil unterwegs noch etwas Besonderes zu sehen ist, muß die ganze Auftauchzeit bis zur ersten Dekostufe mit zur Grundzeit dazugerechnet werden.

Dräger-Tauchtabelle I.

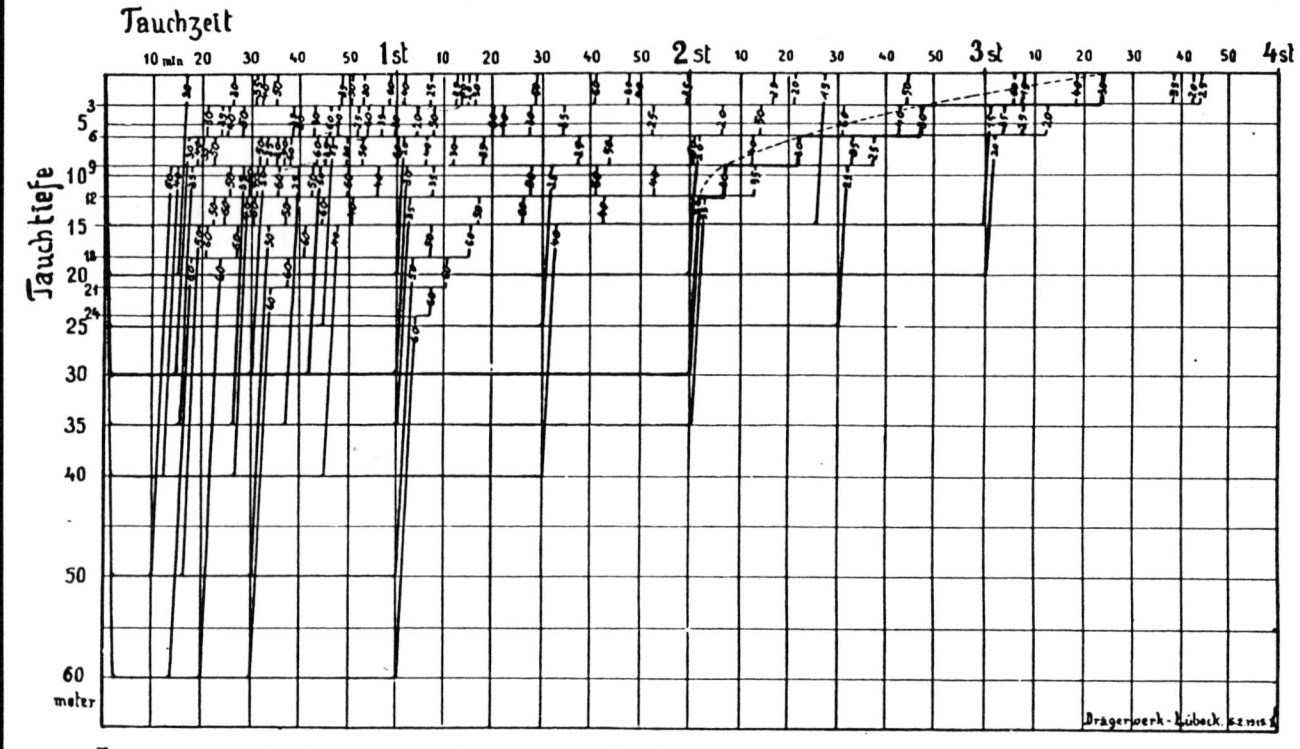

Anwendungsbeispiel: Tauchtiefe: 30 m; Abstieg: 1½ min; Aufenthalt a. Grund: 2 st; Aufstieg b.z. 12-m-Stufe: 2 min; Aufenthalt b. 12 m: 5 min; Aufenthalt b. 9 m: 15 min, Aufenthalt b. 6 m: 25 min, Aufenthalt b. 3 m: 35 min, Tauchzeit: 3 st 24 min

| Abb. 10 | Dekotabelle Dräger | Tauchsport-Seminar Dekompression |

Tauchprofil

Abb. 11

Labels in diagram:
- Abtauchzeit
- 1. Tauchgang
- Oberflächenintervall
- Auftauchzeit
- Abtauchzeit
- Deko 3m
- Deko 6m
- 2.TG
- Auftauchgeschwindigkeit 10m/min*
- Zeitzuschlag
- Tiefe
- Wiederholungsgruppe
- Grundzeit*

.... Echtes Tauchprofil   ⎯ Profil zur Tabellenwertermittlung

* Ist die Auftauchgeschwindigkeit geringer als 10m/min, so muß sie zur Grundzeit dazugezählt werden.

☐ Bezeichnungen aus der Tabelle

Tauchsport-Seminar
Dekompression

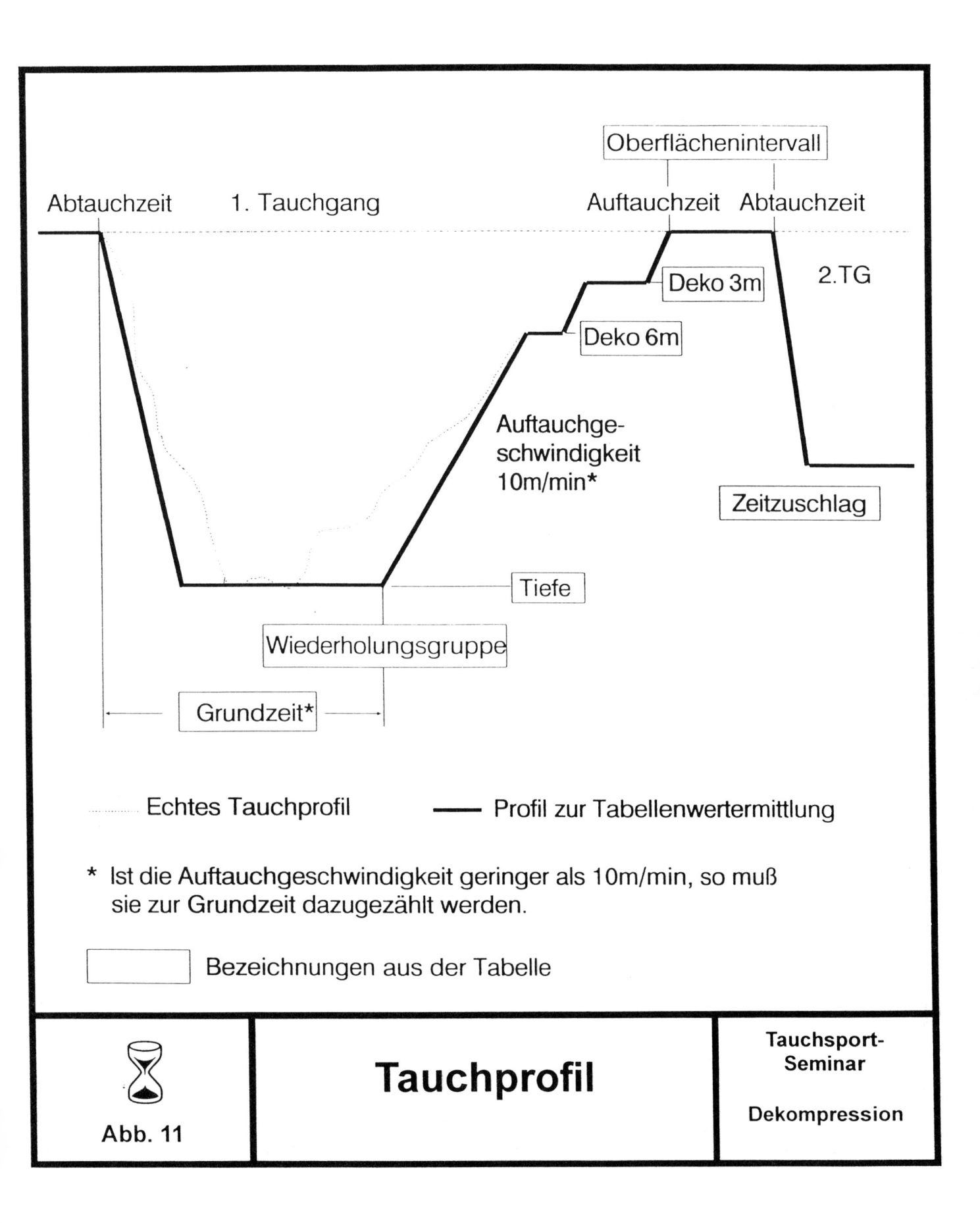

Auftauchgeschwindigkeit	sie beträgt im Mittel etwa 10m/min. Aus größerer Tiefe kann bis etwa 20 Meter Tiefe schneller aufgetaucht werden (neuere Computer rechnen mit 20m/min), im 10 Meter Bereich sollte die Auftauchgeschwindigkeit dann aber niedriger sein (etwa 6m/min).
Nullzeit	es ist die Zeit, die ein Taucher auf einer bestimmten Tiefe bleiben kann, ohne beim Auftauchen eine Dekopause einlegen zu müssen. Die Nullzeit richtet sich nach der Tiefe, der Höhenlage des Gewässers, den körperlichen Anstrengungen und eventuell vorausgegangener Tauchgänge.
Sicherheitsstop	auch wenn es sich um einen nicht dekopflichtigen Tauchgang handelt, sollte generell ein Sicherheitsstop von drei Minuten auf drei Metern eingehalten werden.
Dekompressionspausen	(Austauchpausen), es sind Pausen beim Aufstieg, die auf drei, sechs oder neun Metern eingelegt werden müssen, wenn bei dem Tauchgang die Nullzeit überschritten wurde. In dieser Zeit soll den Geweben Gelegenheit gegeben werden, die Stickstoffübersättigung abzubauen, ohne daß es zum Ausperlen von Stickstoff und damit zu einer Dekompressionskrankheit kommt. Die etwas "krummen" Werte entstammen dem amerikanischen Maßsystem 10, 20, 30 Fuß. Ist wegen hohem Wellengang eine Dekompressionsstufe von drei Metern nicht einzuhalten, kann auch auf fünf Meter Tiefe dekomprimiert werden. Da dabei die Entsättigung wegen des geringeren Druckgefälles aber langsamer erfolgt, muß die Zeit verlängert werden!
Auftauchzeit	es ist die Uhrzeit, an der die Oberfläche wieder erreicht wird. Von nun an zählt die Zeit der Entsättigung in der Oberflächenpause oder bis zum Flug.
Wiederholungsgruppe	der Buchstabe beinhaltet eine Angabe über die Höhe der Übersättigung der Körpergewebe mit Stickstoff am Ende des Tauchganges und hat einen Einfluß auf die Dauer weiterer Tauchgänge bzw. der Wartezeit bis zum Flug.
Tauchzeit	ist die gesamte bei einem Tauchgang unter Wasser verbrachte Zeit.

| Tauchsport-Seminar Dekompression | Praxis |

Oberflächenpause ist die Zeit zwischen zwei Tauchgängen innerhalb von 24 Stunden. Je länger die Oberflächenpause, umso mehr hat das Körpergewebe Zeit, die Stickstoffübersättigung abzubauen, umso geringer ist der Zeitzuschlag beim folgenden Tauchgang. Ist die Oberflächenpause kürzer als in der Tabelle angegeben, muß der Folgetauchgang zum vorherigen Tauchgang dazugezählt werden, als wenn keine Unterbrechung stattgefunden hätte.

Wiederholungstauchgang ist ein Tauchgang, bei dem nach Tabelle ein Zeitzuschlag zur Grundzeit gefordert ist. Das bedeutet allerdings nicht, daß nach dieser Zeit die Gewebe wieder vollkommen entsättigt sind, das ist erst nach etwa 40 Stunden abgeschlossen. Werden also mehrere Wiederholungstauchgänge hintereinander nach Tabelle gemacht, summiert sich diese Restsättigung und das Risiko für einen Dekompressionsunfall wird immer größer.

Zeitzuschlag Zeiten, die in Abhängigkeit von der Wiederholungsgruppe und der Dauer der Oberflächenpause zur Grundzeit des folgenden Tauchganges dazugerechnet werden müssen, um dann die richtigen Dekompressionspausen zu ermitteln. Zur Berechnung des Luftverbrauches werden sie nicht benötigt. Sie bedeuten, daß zu Beginn des Tauchganges die Gewebe noch so stark mit Stickstoff übersättigt sind, als ob man schon mit der Dauer des Zeitzuschlages auf der gewünschten Tiefe taucht.

Austauchzeit ist die Zeit des gesamten Aufstieges einschließlich der Dekompressionspausen.

Bergseetabelle die Tabelle die bei Tauchgängen in Gewässern über 700 bis 1500 m über NN erforderlich wird. Sie gilt auch, wenn nach dem Tauchgang eine größere Höhe aufgesucht wird (Paßfahrt). Bei Bergseetauchgängen in Höhen über 1500 Meter sollten die entsprechenden Bergseetabellen von Bühlmann verwendet werden.

Eine Dekompressionstabelle besteht aus zwei Teilen, dem nach Tiefen geordneten Teil, aus dem die Null und Dekompressionszeiten abgelesen werden und dem nach Wiederholungsgruppen geordneten Teil, aus dem die Zeitzuschläge für Wiederholungstauchgänge ermittelt werden (Tabelle für Oberflächenpausen und Wiederholungstauchgänge). In der nach der Tiefe geordneten Tabelle sind in der ersten Spalte die Tiefen mit einer Abstufung von jeweils drei Metern von 9 bis 63 Meter Tiefe aufgeführt. Die jeweilige Tiefe gilt auch dann, wenn sie während des Tauchganges nur kurz aufgesucht wurde. Zusätzlich ist in dieser Spalte die jeweils zugehörige Nullzeit vermerkt, mit den in der Abb. 12 gezeigten Einschränkungen (Höhenlage, erster Tauchgang am Tage, normale Belastung). Ist die wahre Tauchtiefe nicht direkt in der Tabelle aufgeführt, wird zur Sicherheit unter der nächst größeren Tiefenangabe abgelesen.

In der zweiten Spalte sind die verschiedenen Grundzeiten in unterschiedlichen Abstufungen dargestellt. Auch hier gilt: Ist die Grundzeit des Tauchganges nicht direkt in der Tabelle enthalten, wird zur größeren Sicherheit in der nächst tieferen Grundzeitspalte abgelesen. Bei kurzzeitig erhöhten Belastungen während eines Tauchganges wird ebenfalls in der nächst längeren

Tauchtiefe gilt zwischen

– 0 und 700 m über NN

Nullzeit gilt nur

– zwischen 0 und 700 m über NN
– bei normaler Belastung
– beim ersten Tauchgang am Tag

Grundzeit besteht aus

– Abstiegszeit (etwa 30m/min) und
– Grundzeit, wenn der Aufstieg unmittelbar darauf mit 10m/min erfolgt. Wird langsamer aufgestiegen, muß die Aufstiegszeit dazu gerechnet werden.

Tauchtiefe (m) Nullzeit (min)	Grundzeit	Dekopausen Meter Tiefe				Wiederho- lungsgruppe
		12	9	6	3	
39 8'	6					C
	10				1	D
	14			1	4	E
	18			3	7	F
	21		1	4	10	F
	24		3	6	12	G
	26		4	6	15	G

Wiederholungsgruppe gibt die Stickstoffübersättigung des Körpers nach dem Tauchgang an.

Flugwarnung

– gibt die Mindestwartezeit bis zum Flug an. Sie gilt aber auch bei geplanten Überquerungen von Bergpässen nach Tauchgängen.

Abb. 12	**Dekotabelle**	Tauchsport- Seminar Dekompression

Grundzeitspalte abgelesen, bei länger dauernden Belastungen muß die Grundzeit sogar mit dem Faktor 1,5 multipliziert werden!

In den nächsten Spalten sind die erforderlichen Dekompressionspausen dargestellt, die mit zunehmender Tiefe und Grundzeit sehr schnell zunehmen. Alle Zeiten in einer Grundzeitspalte müssen dabei addiert werden! Bei Tauchtiefen bis 12 Meter sind bei den angegebenen Grundzeiten keine Dekozeiten erforderlich, weil die Übersättigung der Gewebe mit Stickstoff bei direktem Aufstieg dann noch tolerierbar ist.

In der letzten Spalte ist die jeweilige Wiederholungsgruppe aufgeführt. Sie ist ein Maß dafür, wie stark die verschiedenen Gewebe des Körpers am Ende des Tauchganges noch übersättigt sind.

In der zweiten Tabelle (Tabelle für Oberflächenpausen und Wiederholungstauchgänge) sind links die Buchstaben der Wiederholungsgruppen mit fallender Tendenz aufgeführt, der Buchstabe "G" steht für die stärkste Übersättigung, der Buchstabe "B" für die schwächste Übersättigung der Gewebe. In den Spalten nach rechts sind die jeweiligen Oberflächenintervalle aufgeführt, in denen die tatsächliche Dauer der Oberflächenpause herausgesucht werden muß. Bei einer Wiederholungsgruppe "G" und einer Oberflächenpause von 5 Stunden wird zum Beispiel zwischen 4,00 und 6,00 abgelesen und die dazwischen liegende Linie nach unten verfolgt. Im unteren Teil der Tabelle (Tiefe des Wiederholungstauchganges) wird die Spalte mit der geplanten Tiefe aufgesucht (z.B. 30 Meter). In der entsprechenden Spalte wird jetzt der Zeitzuschlag abgelesen (in Beispiel hier 5 Minuten). Diese Zeit besagt, daß zu Beginn des Wiederholungstauchganges das Gewebe schon so mit Stickstoff gesättigt ist, als ob man schon diese 5 Minuten auf 30 Meter Tiefe taucht. Zur Ermittlung der Dekompressionspausen muß diese Zeit also der wahren Grundzeit zugerechnet werden. Sind die Oberflächenpausen kürzer als 15 Minuten, zählt der Tauchgang voll zum ersten Tauchgang dazu als wenn er nicht unterbrochen worden wäre. Ist die geplante Tiefe des Wiederholungstauchganges nicht in der Tiefentabelle unten enthalten, so wird hier bei der nächst geringeren (!) Tiefe abgelesen, da sich dabei meist ein zur Sicherheit längerer Zeitzuschlag ergibt. Warum der Zeitzuschlag mit geringerer Tiefe länger wird ist leicht zu erklären:

Der Zeitzuschlag bedeutet ja immer eine prozentuale Verlängerung des Wiederholungstauchganges. Eine angenommene 10%ige Verlängerung würde (auf die Nullzeit bezogen) z.B. bei einer Tiefe von 15 Metern etwa 6 Minuten, bei 33 Metern etwa 1 Minute ausmachen, bei gleicher Vorbelastung ist bei der geringeren Tiefe der Zeitzuschlag also größer und damit zur sicheren Seite verschoben.

In der oberen Tabelle ist rechts außen noch die erforderliche Wartezeit bis zum Flug in Abhängigkeit von der Wiederholungsgruppe aufgeführt, gekennzeichnet durch das Symbol eines Flugzeuges. Diese Wartezeit wird nötig, da während des Fluges der Kabinendruck um etwa 25% gesenkt wird, wodurch es bei einer zu großen Übersättigung der Gewebe mit Stickstoff auch nachträglich noch zu einem Dekompressionsunfall kommen kann.
Zur besseren Verständlichkeit ein Beispiel (Abb.13):

Geplant sind zwei Tauchgänge am Tage. Der erste Tauchgang beginnt um 10.00 Uhr und geht auf eine Tiefe von 40 Meter. Beginn des Aufstieges nach einer Grundzeit von 8 Minuten (10.08 Uhr) mit einer Aufstiegsgeschwindigkeit von 10 m/min. Eine Tiefenstufe 40 Meter gibt es in der Tabelle nicht, wir lesen bei einer Tiefe von 42 Metern ab. Auch der Grundzeitwert von 8 Minuten ist in der Tabelle nicht enthalten, wir lesen bei einer Grundzeit von 9 Minuten

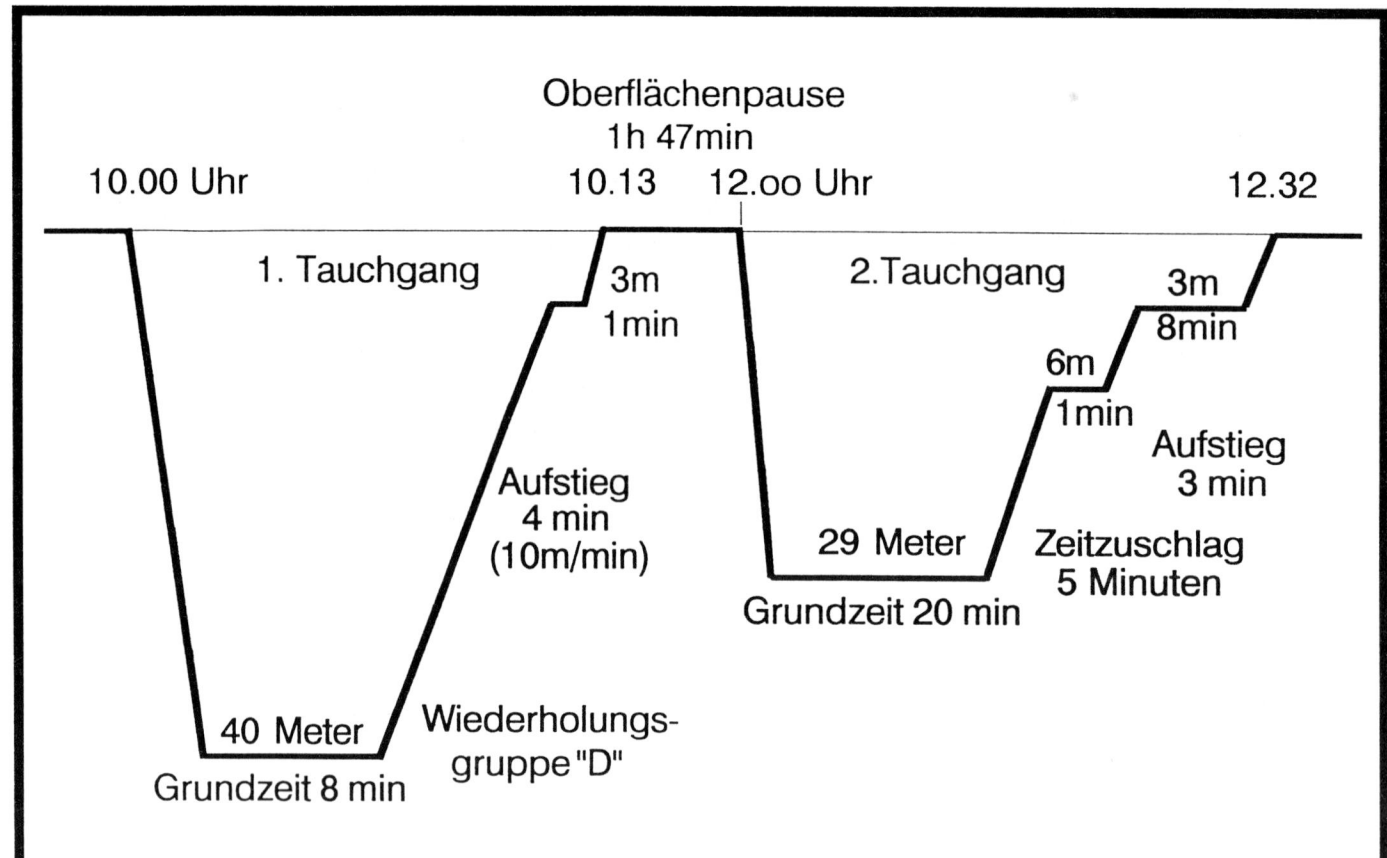

1. Tauchgang:
Abtauchzeit 10.00 Uhr, maximale Tiefe 40 Meter, Grundzeit 8 Minuten
Aus Tabelle: Wiederholungsgruppe "D", erforderliche Dekopause
       1 Minute auf 3 Meter Tiefe
Ende des ersten Tauchganges:
Grundzeit 8 min + Aufstieg 4 min + Deko 1 Minute = 10.13 Uhr

2. Tauchgang:
Abtauchzeit 12.00 Uhr, maximale Tiefe 29 Meter, Grundzeit 20 Minuten
Oberflächenpause 1 Stunde, 47 Minuten
Aus Tabelle: Zeitzuschlag 5 Minuten, erforderliche Dekopause
       1 Minute auf 6-, und 8 Minuten auf 3 Meter Tiefe

Abb. 13 — Beispiel — Tauchsport-Seminar Dekompression

ab und finden die Dekompressionszeit von 1 Minute auf 3 Meter Tiefe. Die Wiederholungsgruppe ist "D". Die Oberflächenpause ergibt sich aus der Auftauchzeit: Beginn 10.00 Uhr, Grundzeit 8 Minuten, Aufstiegszeit 4 Minuten und Dekozeit 1 Minute, Tauchgangsende daraus 10.13 Uhr. Die Pause von 10.13 Uhr bis 12.00 Uhr ist 1 Stunde, 47 Minuten. In der Tabelle 2 finden wir die Spalte "D" und das Oberflächenintervall 1,00-2,00 Stunden, in dem unsere Pausendauer enthalten ist. Wir folgen dem Pfeil nach unten bis zur Spalte unserer gewünschten Tiefe von 29 Meter. Da dieser Wert in der Tabelle nicht enthalten ist, müssen wir hier bei der geringeren Tiefe von 27 Meter ablesen und finden den Zeitzuschlag von 5 Minuten. Der zweite Tauchgang auf 29 Meter Tiefe dauert zwar nur 20 Minuten, wir müssen aber den Zeitzuschlag von 5 Minuten dazurechnen, um die richtige Dekompressionszeit aus der Tabelle ermitteln zu können.

5.1.1 Berechnung der Null- und Dekozeiten ohne Bergseetabelle

In diesem Abschnitt soll die Berechnung der Null- und Dekompressionszeiten, wenn keine oder nicht die richtige Bergseetabelle vorliegt, erläutert werden. Diese Berechnung kann auch dann interessant werden, wenn nach einem Tauchgang in einem tiefer liegendem See noch eine Paßfahrt oder ein Flug geplant ist. Berechnungen dieser Art gehörten noch vor einigen Jahren zur Standartausbildung der Sporttaucher.
Aus der Höhenformel kennen wir die Annahme des Druckes der Atmosphäre, die näherungsweise 0,1 bar pro 1000 Meter beträgt.

Beispiel
Meereshöhe   ca. 1 Bar
1000 m Höhe   ca. 09 Bar
2000 m Höhe   ca. 0,8 Bar
3000 m Höhe   ca 0,7 bar

Zur Berechnung der Null- und Dekompressionszeiten im Bergsee wird ein Umrechnungsfaktor aus der Druckdifferenz errechnet.

Beispiel
Tauchgang in 2000 Meter Höhe, Atmospährendruck ca. 0,8 Bar
Umrechnungfaktor: 1: 08= 1,25

Die im Bergsee erreichte oder geplante Tiefe wird dann mit diesem Umrechnungsfaktor multipliziert.

Beispiel
24 m Tiefe real x Faktor 1,25= 28, 2 m Tiefe fiktiv

In der normalen Tabelle wird nun unter der fiktiven Tiefe abgelesen und entsprechend dekompremiert. Interessant ist in diesem Zusammenhang, daß ein Tiefenmesser nach Boyle-Mariotte (einseitig offenes Röhrchen) immer bereits die fiktive Tiefe anzeigt. Auch müssen die Dekostufen entsprechend umgerechnet werden, um immer die richtigen Druckdifferenzen einzuhalten. Da der Oberflächendruck in unserem Beispiel aber nur 0,8 bar beträgt, muß die entsprechende Dekostufe verringert werden.

> **Beispiel**
> normal 3 m: 1,25= 2,4 m im Bergsee

Vergleicht man die so errechneten Werte mit den Werten aus der entsprechenden Bergseetabelle, erkennt man, daß diese auf der sicheren Seite liegen.

5.2 Der Vorläufer: Dekompressiometer der italienischen Firma S.O.S.

Dieses Gerät erschien etwa im Jahre 1960 auf dem Markt und war das erste brauchbare Gerät zur Simulation der Aufsättigung der Gewebe beim Tauchen. Der Aufbau des Gerätes war genial einfach (Abb.14). Ein mit Stickstoff gefüllter PVC Beutel wurde über ein Stück Sinterkeramik an den Eingang eins starren Druckmessergehäuses befestigt. Der PVC Beutel wurde mit dem Außendruck beaufschlagt, während im Gehäuse des Druckmessers der normale Luftdruck herrschte. Der zunehmende Druck beim Abtauchen komprimierte den Stickstoff im Beutel und erzeugte so einen Differenzdruck zwischen Beutel und Druckmesser. Der Stickstoff versuchte nun, in das Druckgehäuse zu gelangen, mußte aber dabei den hohen Widerstand in der Sinterkeramik überwinden. Der Trick bestand nun darin, die Durchlaßgeschwindigkeit des Stickstoffes durch das Sinterstück so abzustimmen, daß sie der Aufsättigungsgeschwindigkeit des Körpers mit Stickstoff beim Abtauchen entsprach. Das langsame Einströmen des Stickstoffes in das Druckgehäuse wurde dann durch das System angezeigt. Natürlich konnte nur ein Gewebe simuliert werden, durch die Wahl unterschiedlicher Nullpunkte in Abhängigkeit von der Gesamttauchzeit waren aber noch Abstufungen möglich. Generationen von Tauchern verdanktem diesem Gerät ein unfallfreies Taucherlebnis, wenn man seine individuellen Sicherheitszuschläge beachtete. Diese Geräte waren mit dem damaligen Preis von etwa 150,- DM preisgünstig und wurden erst durch die Einführung der elektronischen Tauchcomputer abgelöst.

- Gehäuse
- Druckmesser
- PVC- Balg
- Keramikfilter

N₂

Dekompressiometer

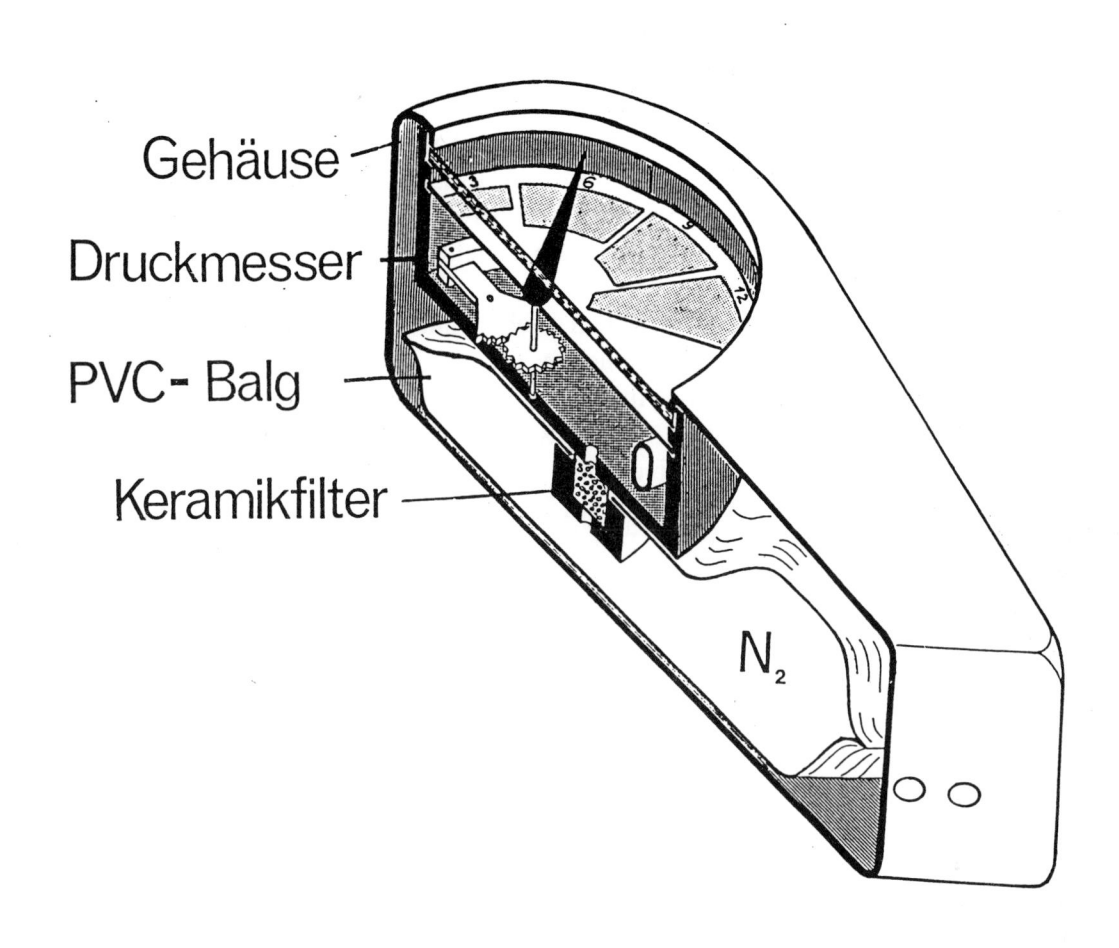

Abb. 14

Tauchsport-Seminar

Dekompression

5.3 Computer der 1. Generation

Die ersten Berichte über elektronische Tauchcomputer erschienen 1979. Der Dacor-Dive-Computer (DCC) setzte sich jedoch nicht durch. Es gab sowohl Probleme in der Chip-Beschaffung als auch in der Stromversorgung. Das LED-Display verbrauchte so viel Strom, daß nach einem 12-stündigen Oberflächen-Intervall die teuren Spezialbatterien leer waren. Der Cyber-Diver, der 1981 erschien, sowie der Sea Comp von 1982 besaßen ebenfalls erhebliche Probleme mit ihrer Stromversorgung und konnten sich deshalb auch nicht durchsetzen. 1983 war dann das Geburtsjahr der ersten Generation von Tauchcomputern. Der Deco Brain I der schweizer Firma Divetronic arbeitete mit gespeicherten Tabellen, während der Edge von Orca mit einem Haldane-Modell ausgestattet war. Im Jahr 1985 folgte dann der Deco Brain II. Er verwendete ein Rechenmodell von 16 Stickstoff-Halbwertszeiten, welche ein Spektrum von 4 bis 635 Minuten abdeckten. Auch war er der erste Tauchcomputer, der bis zu einer Höhe von 4500 m.ü.N.N. bergseetauglich war.

Mit diesen Tauchcomputern wurden erheblich mehr Tauchgänge mit kurzem Oberflächenintervall durchgeführt, als mit den herkömmlichen Tabellen. Bei Experimenten zwischen 1983 und 1986 zeigte sich eine Häufung der Symptome an Haut und Muskulatur. Nach dem Auftreten dieser Dekompressionsunfälle vom Typ I wurden die Toleranzgrenzen der langsamen Halbwertszeiten gesenkt. Die Firma Divetronic änderte ihre Programmversionen des Deco Brain II. Aus der anfänglichen P2-1 Version wurde die P2-2 Version und später die P2-3 Version. Mit der schrittweisen Senkung der Toleranzgrenzen für langsame Halbwertszeiten verlängerten sich jedoch gleichzeitig die Dekompressionszeiten, wenn langsamere Gewebe maßgebend für die Dekompression waren. Dies traf nicht nur für Wiederholungstauchgänge, sondern auch für Ersttauchgänge zu.

Trotz der relativ gut entwickelten P2-3 Version, von der nur wenige auf den Markt gelangten, wurde 1987 die Produktion des Deco-Brain II aufgrund der anhaltenden Dichtungsschwierigkeiten eingestellt. Zur geringen Verbreitung der Computer der ersten Generation trugen große Abmessungen, ein hoher Energieverbrauch gepaart mit einem relativ hohen Preis bei.

5.4 Computer der 2. Generation

Als 1987 der Aladin von Uwatec auf dem Markt erschien, war dies der Durchbruch für die Tauchcomputer. Klein, ausgestattet mit einer langlebigen Batterie und ein akzeptabler Preis sorgten für eine rasche Verbreitung. Wie auch dem 1988 erscheinenden Micro Brain von Dacor, der eine Madefizierung des P3 von Bühlmann und Hahn war, fehlten beiden Computern jedoch noch einige wesentliche Merkmale der zweiten Generation von Computern. Die sogenannten Nullzeitcomputer zeigten weder die Aufstiegszeit noch die Zeit auf den Dekostufen an. Ebenfalls fehlte ihnen noch eine Anzeige der rollierenden Nullzeiten zwischen den Tauchgängen.

Die Erfahrungen, die durch die Computer der ersten Generation gewonnen wurden, trugen zwischen 1988 und 1989 zu einem Entwicklungsschub bei. Wesentliche Neuerungen kamen von den Firmen Dacor, Oceanic, Orca und Uwatec. Nicht nur die äußerlich sichtbare Hardware veränderte sich, sondern auch in der Software gab es entscheidende Veränderungen. Die Senkung der Toleranzgrenzen für langsamere Stickstoff-Halbwertszeiten setzte sich in allen Modellen durch. Der Micro Brain Pro Plus, mit seinem neuen P-4 Program, arbeitete mit 6 Kompartimenten und Halbwertszeiten von 6 bis 600 Minuten. Entscheidende Veränderungen beinhaltete auch der Aladin Pro von Uwatec. Als Dekompressionscomputer zeigte er sowohl die Aufstiegszeit als auch die Zeit auf den Dekompressionsstufen an. Eine weitere Neuerung waren die rollierenden Nullzeiten zwischen den Tauchgängen, die eine Planung der folgenden Tauchgänge ermöglichte. Die Berücksichtigung des unter 4.4 dargestellten Rechts-Links-Shunts für Wiederholungstauchgänge war der erste Schritt in Richtung adaptiver Tauchcomputer. Einige Computer verfügten neben der optischen Warnung beim Unterschreiten der Dekompressionsstufe sowie zu hoher Aufstiegsgeschwindigkeit auch über akustische Warneinrichtungen. Der Delphi von Orca war der erste Computer, der über eine Anschlußmöglichkeit für ein PC-Interface verfügte. Neu war ebenfalls die Integration des Hochdruckanschlusses in den Computer, wodurch Luftverbrauchsfunktionen möglich waren. Der 1990 erscheinende Computek von Tekna besaß nicht nur ein selbstleuchtendes Display, sondern verfügte wie der Delphi über ein Luftverbrauchsprogramm. Die 8 Kompartimente besaßen Halbwertszeiten von 8 bis 689 Minuten.

5.5 Computer der 3. Generation

Die immer neuen Erkenntnisse im Bereich der Dekompression, sowie die massive Zunahme von Risikotauchgängen wie unter 4.9 erläutert, führten zu der Forderung einer individuellen Dekompression. Der von Scubapro entwickelt DC 11 war ein erster Schritt in Richtung eines konservativeren Dekompressionsmodelles. Die erheblich verkürzten Nullzeiten, auch bei Ersttauchgängen, und die stark verlängerten Dekompressionzeiten führten jedoch zu einer starken Ablehnung dieses Computers. Mit unterschiedlichen Aufstiegsgeschwindigkeiten, je nach Tiefe, war der Source von Balzer 1992 ein weiterer Schritt in Richtung adaptativer Dekompression. Der ebenfalls 1992 auf dem Markt erscheinende Scan 4 von JWL war dann einer der ersten Tauchcomputer, der neben der integrierter Luftverbrauchsrechnung über eine Auslegung für mehrere Tauchgänge pro Tag während eines Urlaubs konzipiert war. Der Rechenmodus mit 12 Gewebearten von Rogers und Powell war dafür großzügiger mit seinen Nullzeiten bei Ersttauchgängen. Im Jahr 1993 war dann der Zeitpunkt für die neue Generation gekommen. Kennzeichnend für alle Computer ist die integrierte Luftverbrauchsrechnung. Möglich ist die Übertragung der Luftverbrauchsdaten sowohl über einen herkömmlichen Hochdruckschlauch als auch drahtlos über einen Sender. Wenn wir bei der Hardware bleiben, so besitzen fast alle Computer die Anschlußmöglichkeit für ein Interface zur Auswertung der Tauchgangsdaten am PC. Gemeinsam ist allen Computern auch die Möglichkeit einer Tauchgangsplanung. Bei den Dekompressionsmodellen sieht es da mit den Gemeinsamkeiten schon ganz anders aus. So arbeitet der Suunto Eon mit einem auf der Grundlage der US-Navy Tabelle basierendem Programm. Der Trac von Scubapro mit seinem P 6 Programm von Max Hahn, ist mit seinen Nullzeiten bei Ersttauchgängen relativ größzügig, wohingegen der Taucher beim Überschreiten der Nullzeit relativ schnell mit langen Dekompressionspausen bestraft wird. Ebenfalls werden kurze Oberfächenintervalle und Yo-Yo-Tauchgänge mit langen Dekopausen geahndet. Als Flugverbotszeit gilt die komplette Restsättigungszeit. Die Programmversion des Trac ist mit der des DC 12 von Scubapro identisch und berücksichtigt auch die Bildung von Mikroblasen. Der Aladin Air X mit seinem ZH-L8 ADT Dekompressionsmodell erfüllt nahezu alle Adaptationsmöglichkeiten bei Risikotauchgängen. Neben den oben genannten Möglichkeiten berücksichtigt er auch Situationen wie vermehrte Arbeit oder kaltes Wasser. Sowohl der von Mares als auch der 1995 erscheinende Monitor 3 von Aqualung verwendet das ZH-L8 ADT Modell.

5.6 Aufbau und Funktion

5.6.1 Hardware

Die sogenannte Hardware des Computers, also jene Teile die man anfassen kann, besteht aus mehreren Komponenten. Die Energieversorgung der Computer wird heutzutage in der Regel durch Batterien gewährleistet. Bei den Tauchcomputern der ersten Generation handelte es sich meist um wiederaufladbare Akkumulatoren. Trotz der teilweise komplizierten Berechnungen sind nicht nur die Batterien immer kleiner geworden, ihre Stromausbeute ist auch gestiegen. Einige Tauchcomputer besitzen Batterien mit einer Lebensdauer von 12 Jahren. Beim Einschalten des Computers, welches durch Wasserkontakt oder manuell erfolgen kann, mißt der Computer zuerst den Umgebungsdruck. Der Druck wird mit einem piezoresistiven Absolutdrucksensor gemessen. Er besteht aus einer winzigen Box mit einem Vakuum. Der Deckel der Box besteht aus einem Siliziumplättchen mit eingeätzten Widerständen. Schon auf Meereshöhe biegt sich das Siliziumplättchen durch, da im Inneren ein Vakuum herrscht. Somit kann der Absolutdruck (Luft plus Wasserdruck) gemessen werden wodurch, auch eine Höhenlagebestimmung für Bergseetauchgänge möglich ist. Kommt es zu einer Änderung des Druckes, biegt sich das Siliziumplättchen weiter durch. Damit ändern sich die Widerstände auf dem Plättchen, wobei die Widerstandsänderung proportional zur Druckänderung ist. Da der Sensor temperaturabhängig ist, muß er temperaturkompensiert werden. Weiterhin ist zu beachten, daß nach einiger Zeit ein Driften des Sensors auftreten kann, was zu einer leichten Meßungenauigkeit führen kann. Diese Abweichungen werden für die Berechnung der Dekompression berücksichtigt. Das vom Drucksensor ausgehende analoge Signal wird nun von einer Signalaufbereitung (Analog/Didital-Konverter) in eine digitale Information umgesetzt (Abb. 15). Von dort aus werden alle Informationen in die zentrale Einheit eines Tauchcomputers, als Rechner oder auch als Prozessor bezeichnet, weitergeleitet. Er erhält seine Informationen entweder direkt, wie z.B die Zeit, oder indirekt, über eine Signalaufbereitung. Der Prozessor arbeitet mit zwei Speichern, dem RAM (Random Access Memory) und dem ROM (Read Only Memory). Das ROM ist der ständige Speicher des Prozessors und enthält alle Programmschritte sowie die Halbwertszeiten zum Berechnen der Dekompressionsdaten. Das ROM „erklärt" dem Prozessor sozusagen, was zu tun ist. Im RAM werden Berechnungen ausgeführt sowie alle Tauchdaten und die Ergebnisse der Berechnungen gespeichert. Die Informationen über Tiefe, Tauchzeit, Dekostufen, Dekozeiten und vieles mehr leitet der Prozessor an das Display weiter. Die Displays arbeiten entweder mit aktiven Anzeigen (LED) oder passiven Anzeigen (LCD). Da die aktiven Displays für ihr Licht relativ viel Strom benötigen besitzen fast alle Tauchcomputer LCD Anzeigen.

5.6.2 Software

Die Software des Computers ist das Programm, welches dem Prozessor die Befehle gibt. Die Befehle führen dazu, daß der Rechner den Druck mißt, Tauchdaten abspeichert oder auf dem Display anzeigt. Diese Befehle werden auf einem sehr einfachen Niveau ausgeführt und einzelne Programmschritte können nur mit einem erheblichen Programmieraufwand verwirklicht werden. Bei der Entwicklung eines Programmes wird zuerst mit Hilfe eines Flußdiagrammes die Struktur festgelegt (Abb. 16). Im Anschluß daran werden die Programmteile in einer Programmiersprache eingegeben, die dann vom Prozessor gelesen werden kann. Das jeweilige Dekompressionmodell, also wieviel Kompartimente mit welchen Halbwertszeiten und welche Informationen wie dem Anwender präsentiert werden, ist kennzeichnend für ein Modell. Die

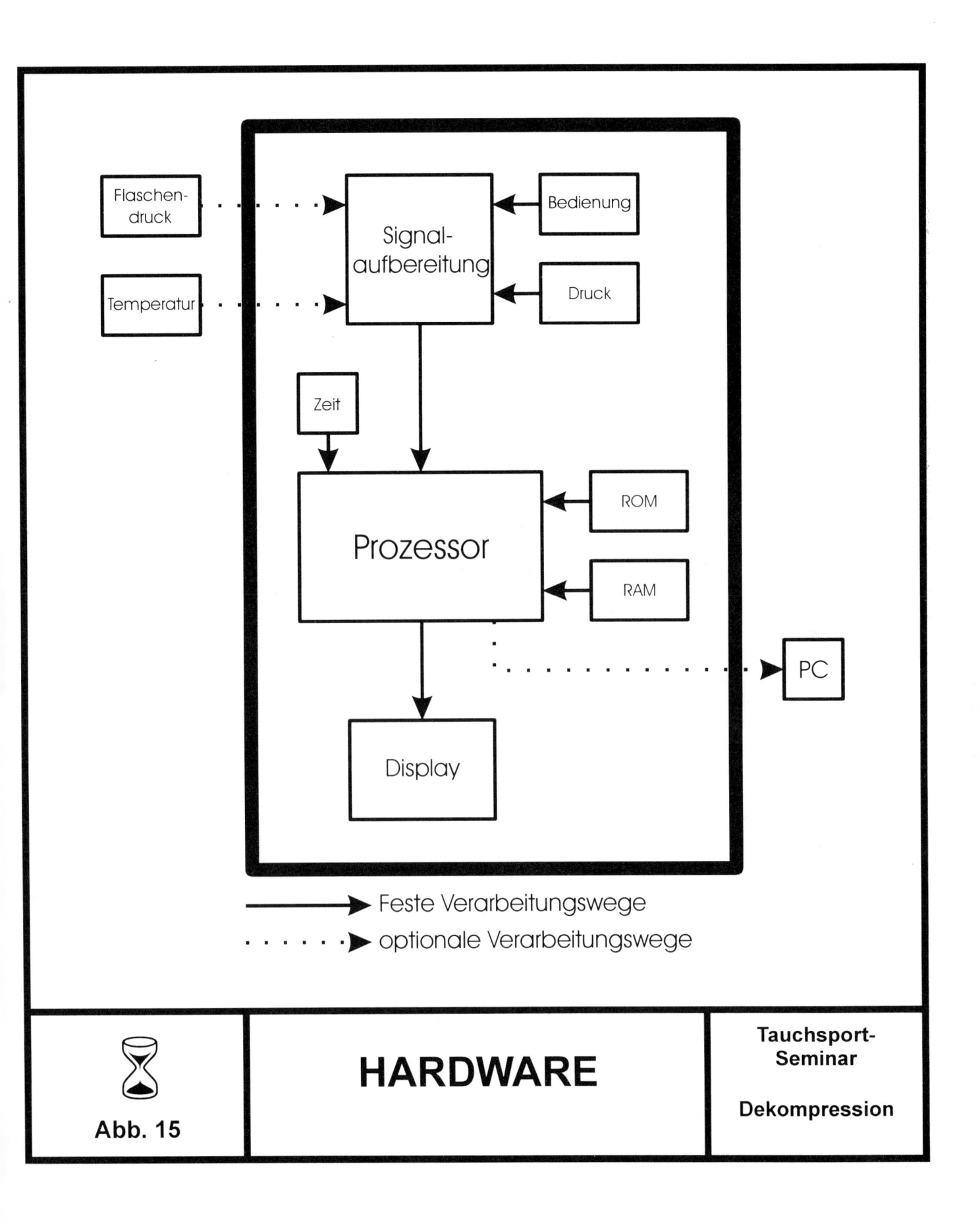

Abb. 15 — **HARDWARE** — Tauchsport-Seminar Dekompression

- Flaschendruck ┈┈▶ Signalaufbereitung
- Temperatur ┈┈▶ Signalaufbereitung
- Bedienung ──▶ Signalaufbereitung
- Druck ──▶ Signalaufbereitung
- Zeit ──▶ Prozessor
- Signalaufbereitung ──▶ Prozessor
- ROM ──▶ Prozessor
- RAM ──▶ Prozessor
- Prozessor ──▶ Display
- Prozessor ┈┈▶ PC

──▶ Feste Verarbeitungswege
┈┈▶ optionale Verarbeitungswege

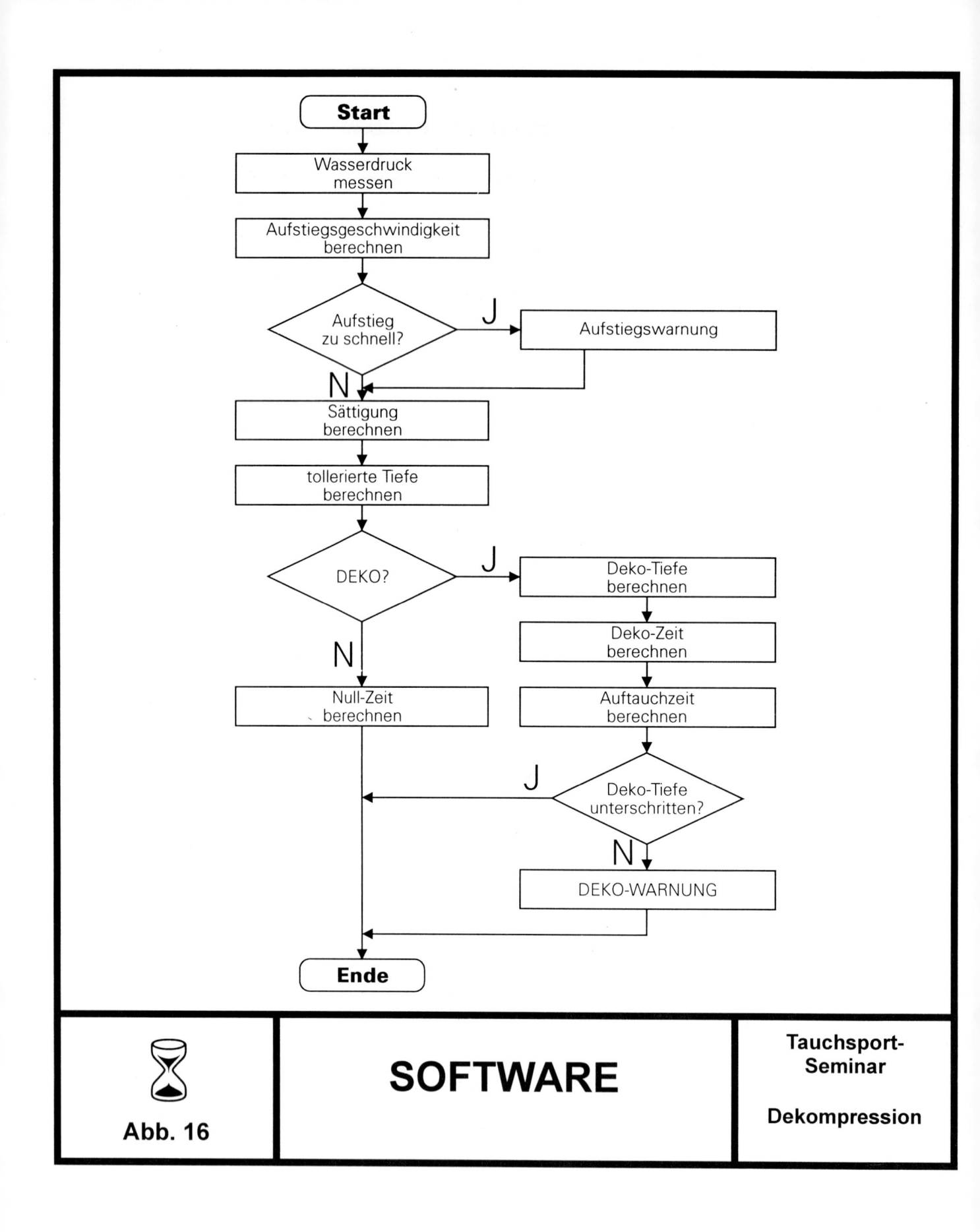

```
                    Start
                      │
                      ▼
            ┌──────────────────┐
            │   Wasserdruck    │
            │     messen       │
            └──────────────────┘
                      │
                      ▼
            ┌──────────────────┐
            │Aufstiegsgeschwindigkeit│
            │     berechnen    │
            └──────────────────┘
                      │
                      ▼
                   ╱─────╲       J      ┌──────────────────┐
                  ╱Aufstieg╲────────────▶│ Aufstiegswarnung │
                  ╲zu schnell?╱           └──────────────────┘
                   ╲─────╱                         │
                    N│                             │
                     ◀────────────────────────────┘
                      ▼
            ┌──────────────────┐
            │    Sättigung     │
            │    berechnen     │
            └──────────────────┘
                      │
                      ▼
            ┌──────────────────┐
            │ tollerierte Tiefe│
            │    berechnen     │
            └──────────────────┘
                      │
                      ▼
                   ╱─────╲       J      ┌──────────────────┐
                  ╱ DEKO? ╲─────────────▶│   Deko-Tiefe    │
                   ╲─────╱               │    berechnen    │
                    N│                   └──────────────────┘
                     ▼                             │
            ┌──────────────────┐                   ▼
            │    Null-Zeit     │         ┌──────────────────┐
            │    berechnen     │         │    Deko-Zeit     │
            └──────────────────┘         │    berechnen     │
                      │                  └──────────────────┘
                      │                            │
                      │                            ▼
                      │                  ┌──────────────────┐
                      │                  │   Auftauchzeit   │
                      │                  │    berechnen     │
                      │                  └──────────────────┘
                      │         J                 │
                      │◀──────────────────╱─────╲
                      │                  ╱Deko-Tiefe╲
                      │                  ╲unterschritten?╱
                      │                   ╲─────╱
                      │                     N│
                      │                      ▼
                      │            ┌──────────────────┐
                      │            │   DEKO-WARNUNG   │
                      │            └──────────────────┘
                      │◀────────────────────┘
                      ▼
                    Ende
```

Abb. 16 — **SOFTWARE** — Tauchsport-Seminar — Dekompression

Modelle müssen sowohl qualitativ als auch quantitativ durch Labor- und Praxistests abgesichert sein. Da die Microprozessoren der Tauchcomputer keine komplizierten Rechenoperationen ausführen können, müssen die Modelle relativ einfach zu rechnen sein. Gewebespektren mit 16 und mehr Geweben decken sicherlich nahezu alle Tauchprofile inklusive der Sättigungstauchgänge ab. Für die Sporttaucherrei hat sich jedoch herausgestellt, daß Halbwertszeiten von mehr als 350 Minuten auch bei Wiederholungstauchgängen keinen Einfluß mehr haben. Gewebe mit Halbwertszeiten unter 4-6 Minuten müssen ebenfalls nicht berücksichtigt werden, da sich diese schon beim Aufstieg genügend entsättigen. Für eine ausreichende Berechnung von Nullzeit und Dekompressionszeit wird heutzutage ein Modell von minimal 6 Kompartimenten angesehen.

5.7 Grenzen des Computers

Leider neigt der Mensch immer mehr dazu, sich auf technische Hilfsmittel zu verlassen. Wie das Wort Hilfsmittel jedoch ausdrückt, dienen alle Geräte nur zur Vereinfachung vieler Vorgänge. Letztendlich ist der Mensch derjenige, der darüber entscheidet, wie die notwendigen Informationen des Computers verwendet werden. Dabei ist es wichtig, zunächst über ein Basiswissen der Dekompression zu verfügen, mit dem es dann möglich ist, die vom Computer errechneten Daten kritisch zu beurteilen. Wie aus dem Vorangegangenen zu entnehmen ist, beruhen unsere heutigen Dekompressionsmodelle auf einer Vielzahl von theoretischen Annahmen, die nur teilweise mit unserem anatomischen Körper übereinstimmen. Was das Wissen über normale Sporttauchertauchgänge angeht, so hat das Wissen in diesem Sektor sicherlich in den letzten Jahren stark zugenommen. Risikotauchgänge, wie unter 4.9 angeführt, sind auch von den Computern nicht immer adaequat zu berechnen und ein Sicherheitszuschlag sollte in jedem Fall mit einkalkuliert werden. Weiterhin sind alle Tauchgänge, bei denen die Dekompressionszeit über einer halben Stunde liegt, von unseren heutigen Computern nicht sicher zu berechnen, da hier noch immer große Wissenslücken, was die Vorgänge der Dekompression betrifft, vorhanden sind. Eine Regel trifft sicherlich auf alle Computer zu, der Computer ist nur so gut, wie derjenige, der ihn benutzt.

5.8 Sicherheitsregeln für den Gebrauch von Computern

Die Sicherheit beim Tauchen mit einem Computer fängt schon beim Kauf im Fachhandel an. Die Bedienungsanleitung ist vor Gebrauch in jedem Fall zu lesen. So kann zum Beispiel bei Unwissenheit ein optisches oder akustisches Signal, das zum Aufstieg aufgrund der Überschreitung der Nullzeit mahnt, fehlgedeutet werden als Warnung für einen zu schnellen Aufstieg. Vor Beginn des Tauchganges sollte der Tauchgang geplant werden. Nicht nur die üblichen Tauchgangsdaten wie Tauchplatz, Wetterverhältnisse, Aktivität u.s.w sollten einbezogen werden, sondern selbstverständlich Tiefe, Zeit und eventuelle Dekompressionsstufen. Der Diveplan-Modus ist hier neben der Tabelle eine sinnvolle Hilfe. Wird in einer Gruppe getaucht, so muß jedes Gruppenmitglied über einen Computer verfügen oder der Tauchgang wird mit der Tabelle berechnet. Dies ist von besonderem Interesse, wenn Tauchgänge an der Nullzeitgrenze oder dekompressionspflichtige Tauchgänge unternommen werden. Taucht eine Gruppe mit unterschiedlichen Computern, wird nach dem konservativsten Gerät ausgetaucht. Auch wenn Computer schnell dazu verleiten, sollten nicht mehr als 2 bis 3 Tauchgänge pro Tag unternommen werden. Ein Wechsel der Computer von Tauchpartnern untereinander ist nur dann zulässig, wenn alle Computer vollständig entsättigt sind. Sollte nach einem Tauchgang ein Computer, z.B. aufgrund eines technischen Defektes, nicht mehr für den nächsten Tauchgang zur Verfügung stehen, so kann innerhalb der Restsättigung weder auf einen anderen Computer noch auf eine Tabelle umgestiegen werden. Selbstverständlich darf ein Computer auch nicht ausgeschaltet werden, bevor die vollständige Entsättigung angezeigt wird. Die vom Computer vorgegebene Aufstiegsgeschwindigkeit darf nicht überschritten werden, da sie Teil der Dekompression ist. Auch hier gilt wie bei den Dekozeiten, daß nach dem konservativsten Gerät getaucht wird. Wer über einen Dekompressionscomputer verfügt, sollte dennoch mit dem Umgang von Tabellen vertraut sein.

5.9 Allgemeine Tauchregeln, die der Sicherheit dienen.

- Auf jeden Fall sollte die größte Tiefe am Beginn des Tauchganfs eingeplant werden.

- Yo Yo Tauchgänge, das sind Tauchgänge mit dauernd stark wechselnder Tiefe (z.B. Prüfungsabnahmen), sind zu vermeiden. Grundsätzlich auch Nullzeittauchgänge mit einem Sicherheitsstop von 3 Minuten auf 3 Metern Tiefe abschließen.

- Bei einer kurzen Belastung (Kälte, Strömung, Arbeit) während eines Tauchganges muß in der Dekompressionstabelle bei der nächst größeren Zeitstufe abgelesen werden. Auch bei Computern, die eine Belastung nicht erfassen, soll der Sicherheitsstop verlängert werden.

- Bei einer längeren Belastung muß in der Tabelle unter der 1,5-fachen Grundzeit abgelesen werden. Für Computer gilt das gleiche wie zuvor.

- Wiederholungstauchgänge innerhalb eines Tages sollten so geplant werden, daß der tiefste Tauchgang zuerst durchgeführt wird, jeder weitere Tauchgang sollte flacher sein als der vorangegangene.

- Oberflächenzeit zwischen zwei Tauchgängen so lange wie möglich planen wegen des Abbaus der Mikrobläschen in der Lunge.

- Nach mehreren Tagen mit 2 bis 4 Tauchgängen täglich sollte ein tauchfreier Tag eingeplant werden, um Aufsättigungen der langsamen Gewebe wieder abzubauen.

- Tauchgang so planen, daß bei 100 bar Restdruck in den 10 Meter Bereich aufgestiegen wird, so reicht die Luft mit Sicherheit für jede Dekopflicht.

- ☞ Ist aus Luftmangel nur eine Teildekompression möglich, sollten die 9 und 6 Meter Stufen unbedingt eingehalten und lieber die Dekopause auf der 3 Meter Stufe verkürzt werden.

- ☞ Muß wegen eines Notfalles trotz Dekopflicht sehr schnell aufgestiegen werden, möglichst innerhalb von 3 Minuten wieder auf halbe Tiefe abtauchen, dort 5 Minuten bleiben und mit jeweils verdoppelten Dekopausen auftauchen. Das gilt auch bei einem schnellen Aufstieg innerhalb der Nullzeit, hier ist dann der Sicherheitsstop zu verlängern.

- ☞ Muß der Dekostop wegen Luftmangels unterbrochen werden (z.B. Auftauchen, um das Boot anzupeilen), möglichst schnell wieder auf die erste Dekostufe abtauchen und gesamte Dekozeit wiederholen.

- ☞ Belastungen nach dem Tauchgang ebenso wie heiße Duschen oder einen Saunabesuch vermeiden, da das die Bildung von Stickstoffbläschen beschleunigt.

- ☞ Treten nach einem Tauchgang Symptome auf, die auf einen Deko- oder Lungenüberdruckunfall hinweisen, entsprechende Maßnahmen einleiten, auch wenn es ein Nullzeittauchgang war und die anderen Tauchpartner symptomlos bleiben.

- ☞ Für das Fliegen nach dem Tauchen gilt die Empfehlung der "Undersea and Hyperbaric Medical Society" (UHMS): Nach einem normalen Nullzeittauchgang Wartezeit 12 Stunden, nach mehreren Nullzeittauchgängen Wartezeit 24 Stunden, nach mehreren dekopflichtigen Tauchgängen Wartezeit 36 Stunden.

6. Tauchunfälle

Betrachtet man Statistiken, so liegt das Risiko eines gesundheitlichen Zwischenfalles beim Tauchen bei unter 1 %. In dieser Zahl sind alle Zwischenfälle, egal welcher Schwere eingeschlossen. Die Anzahl der schweren Tauchunfälle ist wesentlich geringer. Zu ihnen zählen nicht nur die Symptome der Bläschenkrankheit sondern auch Verletzungen im Wasser, Folgen akuter gesundheitlicher Zwischenfälle, die im Wasser anders verlaufen als an Land, sowie Beinahe-Ertrinken. Als Bläschenkrankheit bezeichnet man die Folgen des Dekompressionsvorganges, bei denen es entweder zu einer Inertgasblasenentstehung in Blut, Lymphsystem oder Geweben kommt oder zum Übertritt von Atemgasen in Gefäße oder Gewebe. In der Theorie werden diese beiden Mechanismen unterschieden in:

Dekompressionsunfälle
entstehen durch Stickstoffblasen, die sich bei zu schneller Druckentlastung in Blut und Gewebe bilden.

Lungenüberdruckunfälle
werden durch einen Überdruck in der Lunge oder einem Teil der Lunge verursacht, wenn beim Aufstieg und der damit verbundenden Drucksenkung und Volumenvergrößerung das Atemgas aus der Lunge nicht schnell genug abströmen kann.

Für die Praxis macht eine solche Einteilung wenig Sinn, denn zum einen ist eine genaue Diagnose selbst für den behandelnden Arzt teilweise nicht möglich, zum anderen ergiebt sich für die Behandlung keinerlei Konsequenz, da beide Erkrankungen gleich behandelt werden. Auslöser dieser Tauchunfälle ist in den weitaus meisten Fällen menschliches Fehlverhalten, sodaß der Ausdruck "Unfall" hier nicht ganz richtig ist.

6.1 Dekompressionsunfall

Dekompressionsunfälle machen lediglich einen Anteil von 20 % bei allen schweren Zwischenfällen im Wasser aus. Wie aus dem Vorangegangenen zu entnehmen ist, können Dekompressionsunfäll nicht nur bei der Nichtbeachtung der Dekompressionsregeln enstehen sondern durchaus bei „normalen" Tauchprofilen. Die Unterscheidung der Symptome in Typ I, II oder III wie in 4.7 dargestellt ist für die Praxis zunächst nicht interessant, da sich aus dem Typ I durchaus ein Typ II entwickeln kann. Alle drei Symptomgruppen sollten vom Ersthelfer unverzüglich und gleich behandelt werden. Zur sofortigen Erstversorgung in solchen Fällen zählt 100 prozentige Sauerstoffgabe, flache Lagerung, Zufuhr von Flüssigkeit und der schonende Transport in eine geeignete Dekompressionskammer mit medizinischer Betreuung möglichst innerhalb von 4 Stunden.
Bei allen Dekompressionsunfällen ist zu berücksichtigen, daß die Symptome auch noch 24 bis 48 Stunden nach dem eigentlichen Tauchgang auftreten können.

6.2 Lungenüberdruckunfall

Ursache des Lungenüberdruckes ist das sich beim Aufstieg ausdehnende Luftvolumen in der Lunge. Der Taucher atmet unter Wasser aus dem Atemregler, der ihm die Luft immer mit dem der Tiefe entsprechenden Umgebungsdruck zuführt. Diese Atemluft steht aber unter Druck und ist entsprechend dem Boyle Mariott'schen Gesetz komprimiert, nimmt also ein geringeres Volumen als an der Oberfläche ein. Taucht der Taucher auf, dehnt sich die eingeatmete Luft entsprechend der Tiefenänderung aus. Normalerweise merkt der Taucher davon kaum etwas, er atmet nur immer etwas mehr aus als ein. Kann diese sich ausdehnende Luft aber nicht abströmen, zum Beispiel wegen eines Stimmritzenkrampfes oder weil der Taucher die Luft aus Angst zu stark anhält, kann es zu einem Lungenüberdruck kommen. Auch die Blockierung nur eines kleinen Teiles der Lunge ("Air trapping" "gefangene Luft") führt zu einem partiellen Überdruck. Ein erhöhtes Risiko für Air trapping weisen Raucher und Asthmatiker auf. Ebenso können eine starke Preßatmung beim Druckausgleich oder sogar Husten ein Platzen von Lungenbläschen (Alveolen) verursachen. Die dadurch entstehenden Schädigungen können unterschiedlich sein:

Gasembolie
Luftbläschen werden durch die sehr dünnen Wandungen der Lungenbläschen direkt in den arteriellen Kreislauf gepreßt, ohne daß eine bleibende Schädigung der Lunge nachweisbar ist. Die im Blutstrom mitgerissenen Luftbläschen erzeugen eine Luftembolie im arteriellen Kreislauf.

Pneumothorax
Die Lunge reißt an der Außenseite, wobei Luft in den flüssigkeitsbenetzten Spalt zwischen Lungen und Rippenfell (Pleuraspalt) einströmt. Bei der Einatmung entfällt dadurch der Unterdruck, der den Lungenflügel zur Ausdehnung bringt, er fällt zusammen und kann nicht mehr am Gasaustausch teilnehmen (Pneumothorax).

Spannungspneumothorax
Dehnt sich das Volumen der eingedrungenen Luft im Pleuraspalt entweder beim weiteren Aufstieg nach Boyle-Mariotte oder durch einen Ventilmechanismus an der verletzten Lunge aus (Spannungspneumothorax), so führt dieses zunehmende Volumen zu einer Kompression des anderen Lungenflügels und des Herzens.

Mediastinalemphysem
Reißt die Lunge an der Innenseite im mittleren Gebiet des Brustraumes zwischen den beiden Lungenflügeln (Mediastinum), so bahnt sich die Luft ihren Weg an der Luftröhre entlang (Mediastinalemphysem) bis in den Hals und Gesichtsbereich, wo sie sich z.B. unter der Haut sammelt (Hautemphysem).

Auch bei diesen letztgenannten Verletzungsarten kann zusätzlich Luft in den arteriellen Kreislauf eindringen und zu Luftembolien führen. Ein Lungenüberdruckunfall tritt in der Regel bereits während oder kurz nach dem Aufstieg auf, wobei die Symptome denen eines Dekompressionsunfalles gleichen und von einem Laien eventuell durch den Zeipunkt des Auftretens unterschieden werden. Im Gegensatz zum Dekompressionsunfall kann ein Lungenüberdruckunfall schon beim Aufstieg aus sehr geringen Tiefen auftreten. Auch bei einem Lungenüberdruckunfall gehört zur sofortigen Erstversorgung eine 100 prozentige Sauerstoffgabe, flache Lagerung, Zufuhr von Flüssigkeit und der Transport in eine geeignete Dekompressionskammer mit medizinischer Betreuung, sodaß eine Unterscheidung durch den Ersthelfer auch zweitrangig ist. Allerdings kann dem behandelnen Arzt, der normalerweise kein Tauchmediziner ist, ein entsprechender Hinweis auf den Unfallhergang für die weitere Behandlung hilfreich sein. Dazu gehört auch der Verweis auf die Informationsstellen für Tauchunfälle, die auf den letzten Seiten dieses Heftes angegeben sind.

Mischformen aus Dekompressionskrankheit und arterieller Gasembolie werden auch als Dekompressionskrankheit Typ III bezeichnet.

7. Behandlung von Tauchunfällen

Dekompressionsunfälle Typ II und Lungenüberdruckunfälle erfordern sofortige Behandlung, auch wenn es sich nur um einen Verdachtsfall handelt. Auch das "sicherste" Computerprogramm beinhaltet ein gewisses Restrisiko, ebenso natürlich die Tabellen, sodaß die immer wiederkehrende Bemerkung: "Es kann doch nicht sein...!" falsch ist. Wichtig bei der Hilfe ist dabei die Schnelligkeit!

Je schneller die effektive Behandlung einsetzt und der verunfallte Taucher in eine Druckkammer unter ärztliche Betreuung kommt, umso besser sind seine Chancen, wieder vollkommen gesund zu werden (Abb.17). Wichtigste Maßnahmen von Laienhelfern an der Unfallstelle sind:

① 100 prozentige Sauerstoffatmung (nicht nur mit O_2 angereicherter Luft!)
② Flachlagerung, wenn der Taucher bei Bewußtsein ist, sonst stabile Seitenlage, wobei bei einem Lungenüberdruckunfall die betroffene Lungenseite nach unten gelagert wird.
③ Flüssigkeitszufuhr oral, wenn sichergestellt ist, daß der Verunfallte nicht in nächster Zeit bewußtlos wird. Falls möglich Gabe von Flüssigkeit i.V.
④ Schutz vor Auskühlung
⑤ Rettungskette alarmieren

Sind Atmung und Herzfunktionen ausgefallen, geht natürlich die Herz-Lungen-Wiederbelebung vor! Auch hierbei sollte die Beatmung mit reinem Sauerstoff angestrebt werden. Meistens verfügen die Laienhelfer an der Unfallstelle über keinen Sauerstoff. Dann muß der Rettungsdienst nach dem Eintreffen aber sofort darüber informiert werden, daß dies ein Tauchunfall ist und eine 100 prozentige Sauerstoffgabe eine effektive Hilfe ist. Gleichzeitig sollte auf die Informationsstellen für solche Fälle hingewiesen werden.

Zur Rekonstruktion des Unfallherganges muß auf jeden Fall die Tauchausrüstung einschließlich des Computers sichergestellt werden. Der Tauchcomputer muß mit zur Druckkammerbehandlung genommen werden, da die Auswertung der Daten wichtige Hinweise für die Behandlung geben kann. Wird an der Tauchausrüstung etwas verändert (z.B. Flaschenventil schließen), sollte man sich den Originalzustand merken. Dem behandelnden Arzt müssen alle wichtigen Angaben gemacht werden, auch dann, wenn sich der Partner dadurch selbst belastet, andernfalls handelt es sich um unterlassene Hilfeleistung. Vor der Polizei können solche Angaben verschwiegen werden. Im Zweifelsfall sollte vorher ein Rechtsanwalt befragt werden. Der Transport des verunfallten Tauchers zur nächsten Druckkammer sollte schonend erfolgen. Am günstigsten ist der Hubschrauberflug, wobei die maximale Flughöhe 300 Meter über Grund sein sollte, da in größerer Höhe der Atmosphärendruck niederer ist, wodurch die Blasenbildung sich verstärkt bzw. vorhandene Blasen sich vergrößern. Steht eine Zweimann Transportkammer zur Verfügung, kann bereits an der Unfallstelle mit der Behandlung begonnen werden, falls ein Arzt oder ein ausgebildeter Helfer mit in die Kammer eingeschleust werden kann. Auf keinen Fall darf ein verletzter Taucher in eine Einmann Transportkammer gebracht werden

Der Druck der Behandlungskammer sollte möglichst schnell hochgefahren werden. Ist das Opfer bewußtlos oder bekommt keinen Druckausgleich, wird ihm der begleitende Arzt die Trommelfelle "punktieren", eine milde Umschreibung für durchstechen. Solche kleinsten Löcher heilen schneller als ein unkontrollierter Riß! Die Höhe des Kammerdruckes hängt ab von der Schwere der Symptome und der seit dem Unfall verstrichenen Zeit. Der erhöhte Druck hat die Aufgabe, entstandene Gasblasen zu verkleinern und möglichst wieder in Lösung zu bringen. Allerdings gilt hier das Boyle Mariott'sche Gesetz nur eingeschränkt, eine längliche Blase, die ein Blutgefäß verschließt, wird zwar bei doppeltem Druck im Volumen halbiert; das wirkt sich aber nur auf die Blasenlänge, nicht unbedingt auch auf den Blasendurchmesser aus. Ein weiteres Problem ist, daß der Körper auf eine Blase reagiert, als wäre es eine offene Wunde. Um die Blase wird schnell eine Hülle aus Gerinnungsprodukten gebildet, die sich durch eine Druckerhöhung nicht mehr beeinflussen läßt. Auch aus diesem Grunde sollte die Druckkammerbehandlung möglichst innerhalb von vier Stunden beginnen, da später die Blasen wieder abgebaut (resorbiert) werden und nur die Hüllen aus Gerinnungsprodukten (Thrombus) für die Symptome verantwortlich sind. Bei einem Tauchunfall mit schweren Symptomen, bei dem der Verunfallte innerhalb von vier Stunden eingeschleust werden kann, wird der Kammerdruck meist bis auf fünf bar Überdruck hochgefahren, um so zu versuchen, die entstandenen Blasen zu verkleinern und sie mehr zu den Endstrombahnen zu schieben, damit der unterversorgte Gewebebereich verkleinert wird und ein Teil des Gases wieder in Lösung geht. Der Taucher atmet dabei normale Druckluft, sättigt sich also zusätzlich mit Stickstoff. Aus diesem Grunde wird bei einigen Kammern auch ein spezielles Gasgemisch mit verringertem Stickstoffanteil verwendet (z.B. Nitrox, 50%O_2 und 50%N_2) um diese zusätzliche Sättigung gering zu halten und durch eine Druckdifferenz an den Gasblasen einen schnelleren Abbau zu erreichen. Der dabei aber auch erhöhte Sauerstoffpartialdruck sichert die Versorgung der Gewebe hinter dem Verschluß durch schnellere Diffusion des Sauerstoffes in die Zellen. Dieser hohe Umgebungsdruck wird eine gewisse Zeit aufrechterhalten und dann gemäß einer speziellen Dekompressionstabelle gesenkt. Ab einem Überdruck von etwa zwei bar wird das Atemgas gewechselt, der verunfallte Taucher atmet jetzt nur noch reinen Sauerstoff (Abb.18). Zwar ist Sauerstoff unter so hohem Druck giftig, beim Auftreten damit zusammenhängender Symptome wie Muskelzukken und Krämpfe kann der begleitende Arzt, der normale Druckluft atmet, aber sofort eingreifen und die Atmung für einige Minuten wieder auf Druckluft umstellen. Diese Sauerstoff-Atmung unter erhöhtem Druck (hyperbare Oxygenation, HBO) ist die wichtigste und effektivste Maßnahme bei der Behandlung. Mehrere physikalische Effekte kommen dabei zum Tragen:

- Durch den immer noch hohen Umgebungsdruck entstehen keine zusätzlichen Blasen mehr, der Stickstoff bleibt in Lösung.

- Da im Atemgas kein Stickstoff mehr enthalten ist, besteht ein sehr hohes Konzentrationsgefälle zwischen den Geweben und dem Blut bzw. dem Atemgas. Dadurch wird der in den Geweben gelöste Stickstoff wesentlich schneller abgebaut und abgeatmet. Dieses hohe Druckgefälle besteht auch an den Grenzflächen der Stickstoffbläschen, auch hier beschleunigt sich die Rückbildung.

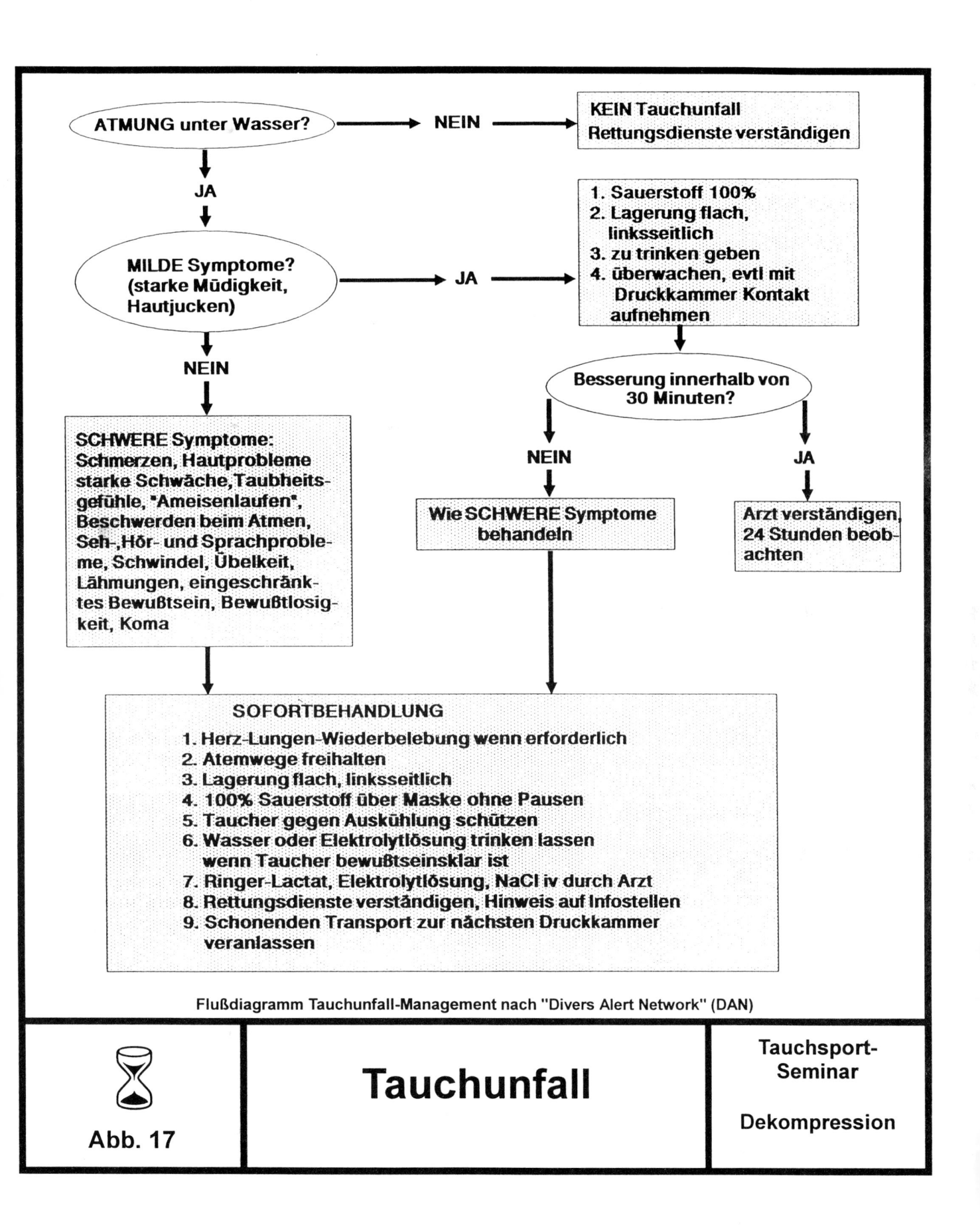

```
ATMUNG unter Wasser?  ──NEIN──▶  KEIN Tauchunfall
                                  Rettungsdienste verständigen
        │
        JA
        ▼
MILDE Symptome?                   1. Sauerstoff 100%
(starke Müdigkeit,                2. Lagerung flach,
Hautjucken)       ──JA──▶            linksseitlich
                                  3. zu trinken geben
        │                         4. überwachen, evtl mit
        NEIN                         Druckkammer Kontakt
        ▼                            aufnehmen
                                          │
                                          ▼
SCHWERE Symptome:                 Besserung innerhalb von
Schmerzen, Hautprobleme              30 Minuten?
starke Schwäche, Taubheits-        /            \
gefühle, "Ameisenlaufen",       NEIN            JA
Beschwerden beim Atmen,          │               │
Seh-, Hör- und Sprachproble-     ▼               ▼
me, Schwindel, Übelkeit,    Wie SCHWERE    Arzt verständigen,
Lähmungen, eingeschränk-    Symptome       24 Stunden beob-
tes Bewußtsein, Bewußtlosig- behandeln     achten
keit, Koma
        │
        ▼
```

SOFORTBEHANDLUNG

1. Herz-Lungen-Wiederbelebung wenn erforderlich
2. Atemwege freihalten
3. Lagerung flach, linksseitlich
4. 100% Sauerstoff über Maske ohne Pausen
5. Taucher gegen Auskühlung schützen
6. Wasser oder Elektrolytlösung trinken lassen wenn Taucher bewußtseinsklar ist
7. Ringer-Lactat, Elektrolytlösung, NaCl iv durch Arzt
8. Rettungsdienste verständigen, Hinweis auf Infostellen
9. Schonenden Transport zur nächsten Druckkammer veranlassen

Flußdiagramm Tauchunfall-Management nach "Divers Alert Network" (DAN)

Abb. 17	**Tauchunfall**	Tauchsport-Seminar Dekompression

Behandlungstabelle für Dekokrankheit und Luftembolie

Überdruck (bar)

[Diagramm: Tabelle 6a zeigt Druckprofil bis 5 bar; Tabelle 6 zeigt Profil bis ca. 1,8 bar]

- schraffierte Felder: Atmung von reinem Sauerstoff
- Pausen mit Luftatmung

Behandlungsdauer (h)

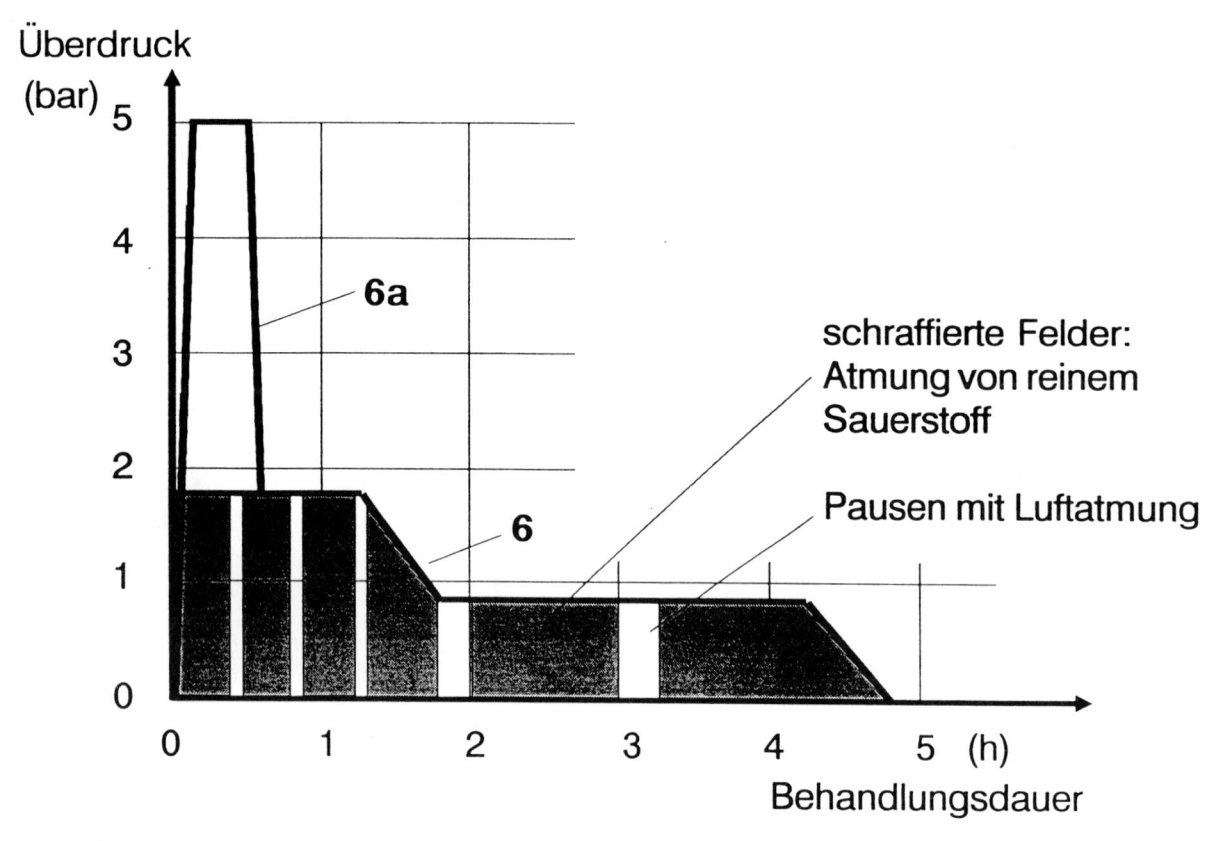

Tabelle 6a, wenn der Patient innerhalb von 4 Stunden in die Druckkammer eingeschleust werden kann. Zur Verbesserung der Sauerstoffsättigung ist der Einsatz von NITROX 50/50 im hohen Druckbereich angebracht.

Tabelle 6, wenn bereits längere Zeit seit dem Unfall verstrichen ist und die Blasen sich nicht mehr durch Druck beeinflussen lassen, dann wird sofort mit reiner Sauerstoffatmung begonnen.

Abb. 18	**Druckkammerbehandlung**	Tauchsport-Seminar / Dekompression

- Wichtigster Effekt ist aber der wesentlich erhöhte Sauerstoffpartialdruck. Der Sauerstoff ist nicht nur am Hämoglobin (roter Blutfarbstoff in den roten Blutkörperchen) gebunden, sondern auch im Plasma physikalisch gelöst. Durch Diffusion an den Zellwänden gelangt so auch Sauerstoff über parallele Blutbahnen zu Zellen, die hinter einem Verschluß liegen. Diese "Notversorgung" verhindert ein Absterben dieser Zellen, eine ödematöse Gewebsschwellung und damit zum Beispiel einen bleibenden Ausfall von Funktionen (Abb.19).

Liegen zwischen dem eigentlichen Tauchunfall und dem Beginn der Druckkammerbehandlung bereits mehr als vier Stunden, so sind die Gasbläschen in den Geweben schon so weit resorbiert, daß sie sich durch einen hohen Umgebungsdruck nicht mehr entscheidend beeinflussen lassen. In solchen Fällen verzichtet man in der Regel auf eine Rekompression unter Druckluftatmung, sondern beginnt sofort mit der Sauerstoffatmung bei einem Überdruck von etwa zwei bar gemäß der Tabelle 6 bzw. 6a. Das hat auch den Vorteil, daß Helfer, die sich mit in der Kammer aufhalten und normale Druckluft atmen, nicht so stark mit Stickstoff gesättigt werden und dadurch kürzere Dekompressionszeiten haben. Alle hier beschriebenen Maßnahmen betreffen in erster Linie die primären Auswirkungen der Tauchunfälle. Natürlich wird der Arzt auch durch diese Verletzungen bedingte Sekundäreffekte bekämpfen. Druckkammerbehandlungen können bei schweren Tauchunfällen viele Stunden, unter Umständen auch Tage dauern. Auf jeden Fall muß der Taucher auch nach der Behandlung noch einige Zeit unter ärztlicher Aufsicht bleiben, falls ein Rückfall bzw. Folgeschäden auftreten. Ein so geschädigter Taucher wird normalerweise nicht mehr tauchtauglich sein.

Wirkungen der Behandlung mit hyperbarem Sauerstoff

Luftatmung

Blutstrom

Kapillargefäß

Durch Diffusion mit Sauerstoff versorgter Zellbereich

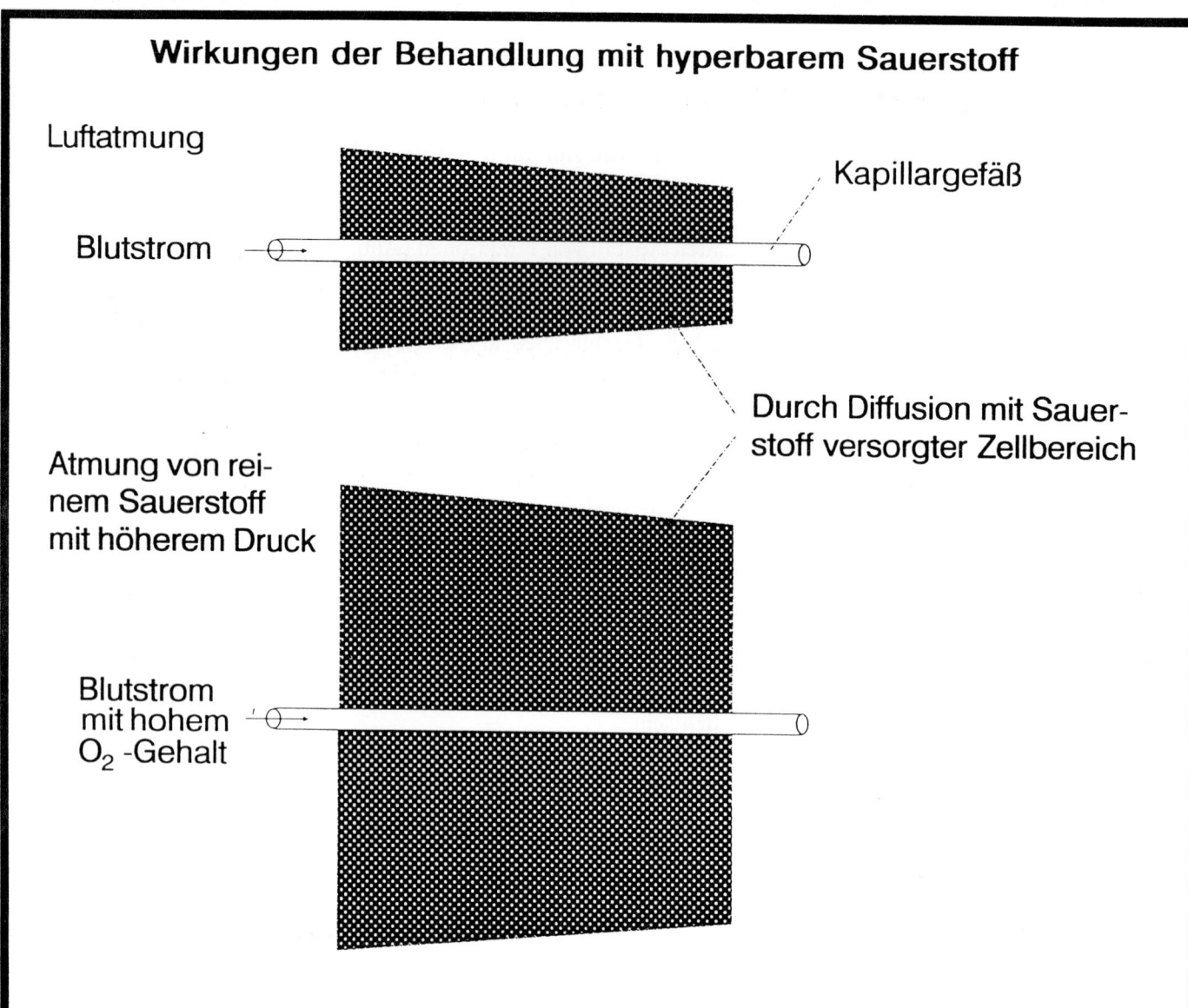

Atmung von reinem Sauerstoff mit höherem Druck

Blutstrom mit hohem O_2-Gehalt

Bei normaler Luftatmung wird durch jedes Kapillargefäß ein gewisser Zellbereich mit Sauerstoff versorgt. Bei Atmung von reinem, hyperbarem Sauerstoff ist der versorgte Bereich größer, sodaß auch beim Verschluß einer Kapillare durch eine Stickstoffblase der dahinter liegende Bereich durch benachbarte Kapillare erfolgen kann. Dadurch wird ein weiteres Absterben der Zellen verhindert.

		Tauchsport-Seminar
Abb. 19	**HBO-Behandlung**	Dekompression

8. Alternative Re- und Dekompressionsmethoden

8.1 Nasse Dekompression mit Druckluft

Hierunter ist nicht das sofortige, nochmalige Abtauchen gemeint, falls trotz Dekopflicht der Taucher kurz auftauchen muß, aber noch keine Symptome einer Dekompressionskrankheit zeigt. Das wäre eine nachgeholte Dekompression. Bei der nassen Dekompression wird der Taucher, der bereits Symptome zeigt, wieder abtauchen, um dadurch eine weitere Stickstoffblasenbildung im Blut und im Gewebe zu verhindern und bereits bestehende Blasen gemäß dem Boyle-Mariott'schen Gesetz zu verkleinern. Der Vorgang ist der gleiche wie beim Einschleusen in eine Dekokompressionskammer, allerdings mit wesentlich höherem Risiko! Da ein so verunglückter Taucher meist auch unter Schockeinwirkung steht, muß er schon aus diesem Grunde dauernd durch einen Begleiter überwacht werden. Für diesen Begleiter ist es aber unmöglich, in 10 bis 15 Meter Tiefe schnell einzugreifen, wenn das Opfer ohnmächtig wird oder sich erbrechen muß. Größere Tiefen, wie sie erforderlich wären, um eine reguläre Dekompression durchzuführen, sind auch wegen der äußeren Umstände wie Luftvorrat, Seegang, Dunkelheit usw. nicht ratsam. Eine medizinische Hilfe ist ebenfalls nicht möglich. In unseren Gewässern verbietet sich die nasse Dekompression schon wegen der Gefahr der Auskühlung. Allenfalls kann sie unter günstigsten Umständen helfen, den Zeitraum bis zum Eintreffen wirksamer Hilfe zu überbrücken.

Fazit: Obwohl in der Praxis gelegentlich sogar mit Erfolg praktiziert, muß von einer nassen Dekompression mit Druckluft abgeraten werden. Besser ist die Verabreichung von hunderprozentigem Sauerstoff und dem schnellstmöglichen, schonenden Transport in eine Dekompressionskammer.

8.2 Nasse Dekompression mit Sauerstoff

Eine abgewandelte Methode der nassen Dekompression wird in Australien mit großem Erfolg praktiziert. Es handelt sich allerdings auch nur um eine Notfalldekompression, die nicht einen Druckkammeraufenthalt ersetzen soll. Der verunglückte Taucher wird dabei so schnell wie möglich wieder auf eine Tiefe von 9 Meter hinabgelassen. Von der Oberfläche aus wird er mit reinem Sauerstoff als Atemgas über eine Vollgesichtsmaske versorgt, sodaß er auch im Falle einer plötzlichen Ohnmacht nicht ertrinken kann. Die Aufenthaltsdauer auf dieser Tiefe hängt davon ab, ob es sich um einen schweren oder nur um einen leichten Dekompressionsunfall handelt. Bei leichten Fällen verbleibt das Opfer 30 Minuten auf 9 Meter Tiefe und wird dann etwa alle 12 Minuten einen Meter höher gezogen. Bei einem schweren Dekompressionsunfall wird die Aufenthaltsdauer bei 9 Meter verdoppelt, die Aufstiegsstufen bleiben gleich. An der Oberfläche wird über eine Zeit von 12 Stunden weiter Sauerstoff und Luft im Wechsel von je einer Stunde verabreicht. Diese nasse Dekompression setzt allerdings eine annehmbare Wassertemperatur voraus. Außerdem muß das Opfer noch voll reaktionsfähig sein und aus eigenem Willen wieder abtauchen.

8.3 Alkohol zur Dekompression

Die Chinesen habe zwar eine jahrtausende alte Kultur, mit Drucklufttauchgeräten sind ihre Erfahrungen aber auch nur allenfalls 100 Jahre alt. Möglicherweise aus Mangel an Dekompressionskammern hat man Versuche gemacht, verunglückten Tauchern auch anders zu helfen. Hintergrund waren Beobachtungen an Tauchern, die regelmäßig auch größere Mengen Alkohol tranken und bei denen das Risiko, einen Dekompressionsunfall zu erleiden, erheblich geringer waren. Versuche, die zuerst an Kaninchen, später auch an Tauchern gemacht wurden, führten die chinesischen Wissenschaftler zu dem Schluß, daß ein kräftiger Schluck Alkohol nach dem Tauchgang einem Dekompressionsunfall vorbeugen, bzw dessen Folgen mildern könne. Von Seiten der Patienten wäre das natürlich endlich einmal eine Therapie, der man sich mit Freude unterziehen könnte, eine Flasche Wein auf Krankenschein, das Problem der trockenen Kehle nach dem Tauchgang wegen der trockenen Luft wäre gleich mit erledigt. Leider sind die Aussagen der Mediziner nicht eindeutig, andere Forschungsgruppen konnten die chinesischen Ergebnisse nicht nachvollziehen, sodaß wir bis zum Beweis der Wirksamkeit dieser Methode sie nicht als Alternative zu der vorher beschriebenen Sauerstofftheraphie empfehlen können. Alkohol vor dem Tauchen verbietet sich außerdem von selbst, schränkt er doch die Urteilskraft, die Kritik und die Reaktionsfähigkeit stark ein und begünstigt das Auftreten des Tiefenrausches.

9. Danksagung

In diesem Zusammenhang möchten wir Lutz Hock für die Anregungen im Kapitel Medizin, Max Hahn für die anregenden Bemerkungen und Korrekturen sowie Bjorn Michael Birkner für die tatkräftige Unterstützung bei den Zeichnungen danken.

Holger Göbel   Werner Scheyer

10. Adressen

Wichtige Telefonnummern und die Adressen einsatzfähiger Mehrpersonen Druckkammern mit 24 Stunden Bereitschaft.

Deutschland

Telefonnummern:

Schifffahrtmedizinisches Institut der Marine Tel.:0431/5409 0

Divers Alert Network (DAN) Europa, Zürich Tel: 0041/1/383 111
Vorzugsweise für Mitglieder, im Notfall aber auch Notrufzentrale für alle Taucher

Druckkammern:

Schiffahrtmedizinisches Institut der Marine
Kopperpahler Allee 120
24119 Kronshagen
Tel.:0431/5409 1711 oder 1715 (Zentrale 5409 0)

St. Josef Hospital Laar
Ahrstr. 100
47139 Duisburg
Tel.:0203/8001 0 oder 8001 620

Institut für Hyperbare Sauerstofftherapie und Tauchmedizin
Clayallee 229
14195 Berlin
Tel.: 030/81004 220,

Universitätsklinik Mainz, Institut für Anästhesiologie
Langenbeckstr. 1
55131 Mainz
Tel.: 06131/17 0,

Bundeswehrkrankenhaus Ulm,
Oberer Eselsberg 40
89081 Ulm
Tel.: 0731/171 1 oder 171 2285(6)

Branddirektion München, Feuerwache 5
Anzinger Str. 41
81671 München
Tel.: 089/406655

Städtisches Krankenhaus Überlingen
Härlenweg 1
88662 Überlingen/Bodensee
Tel.: 07551/990

Schweiz

Schweizer Rettungsflugwacht 01/474747

Druckkammer Lausanne 021/3141111

Druckkammer Zürich 01/2551111

Österreich

Krankenhaus Graz 0316/385 2205 oder /385 2795

Druckkammer Wien 0222/914 4700

Eigene Anmerkungen, Änderungen und Ergänzungen:

11. Austauchtabellen DECO' 92, Ver.2
von Dr. Max Hahn

Die nachstehend wiedergegebenen Dekompressionstabellen sind in der ursprünglichen Version seit 1992 beim VDST und etlichen kommerziell arbeitenden Verbänden in Gebrauch. Sie gelten für Taucher mit autonomen Leichttauchgeräten in Gewässern zwischen 0-700 m bzw. 701 bis 1500 m ü.NN. Zu den wissenschaftlichen Grundlagen s. [1].

Die vorliegende Version 2 umfaßt Tabellen für Luft sowie für O_2-N_2-Gemische (Nitrox) mit O_2-Anteilen von 32 % (NOAA I), 36 % (NOAA II) und 50% (NITROX 50/50).

Das Wiederholungssystem wurde neu gestaltet, um Übergänge von Luft auf Nitrox und von O_2-ärmeren auf O_2-reichere Nitrox-Gemische zu erlauben. Wird von Luft auf Nitrox, bzw. von einem O_2-ärmeren auf ein reicheres Nitroxgemisch übergegangen, gilt die Wiederholungsgruppe vom vorigen Tauchgang auch im Wiederholungssystem der Tabelle für das neue Gemisch.

Außerdem wurden Oberflächenpausen (OFP)- und Zeitzuschlagtabelle risikobegrenzend bestimmt: Wird beim zweiten von zwei aufeinanderfolgenden gleichen Tauchgängen die Grundzeit um die als ''Zuschlagzeit'' bekannte Zeit aus der Wiederholungstabelle gekürzt, sind die (sehr kleinen!) Restrisiken einer Dekompressionserkrankung für beide Tauchgänge etwa gleich groß. Für die Risiko-Abschätzung wurde ein Modell aus [2] für Druckluft- und Nitroxtauchen kalibriert.

Die Ausführung der Luft-Dekompressionstabelle bis zur Tiefe von 63 m bedeutet nicht, daß Tauchgänge bis zu dieser Tiefe als unbedenklich gelten! Inertgasnarkose, höhere Atemarbeit, hoher Gasverbrauch, lange Dekompressionszeiten trotz deutlich höherem DCS-Risiko; - dazu u. U. Dunkelheit, schlechte Sicht und Kälte - lassen die Risiken mit der Tiefe so rasch ansteigen, daß der VDST 40 m als Tiefengrenze dringend empfiehlt. Gemäß EN 250 ist die maximale Gebrauchstiefe von autonomen Druckluft-Leichttauchgeräten 50 m. Darüber hinausgehende Tiefenstufen der Tabelle sind für Notfälle und Druckkammertauchgänge gedacht.

Zwischen 25 m Tiefe und der Oberfläche soll die Aufstiegsgeschwindigkeit von 10 m/min nicht überschritten werden. Vor Ablauf der unter jeder Tiefe in Minuten (') angegebenen Nullzeit kann ohne Dekompressionspause(n) aufgetaucht werden. Liegt die Tauchtiefe zwischen zwei Tiefen der Tabelle, wird bei der größeren Tiefe abgelesen (s. Beispiel unten). Liegt die tatsächliche Grundzeit (Zeit für Abstieg + Aufenthalt in der Tiefe) zwischen zwei Grundzeiten der Tabelle, gilt auch hier die längere Grundzeit für die Ablesung der Dekompressionspausen (Generelle Regel: Alle Interpolationen zur sicheren Seite!).

Folgt einem Tauchgang ein weiterer nach einer OFP, welche nicht länger ist als die in der letzten Spalte der OFP-Tabelle zur gültigen Wiederholungsgruppe stehende Zeit, handelt es sich um einen Wiederholungstauchgang. Zur Ermittlung des Dekompressionsplans für einen Wiederholungstauchgang sucht man zunächst in der Zeile der OFP-Tabelle, die zum Buchstaben der Wiederholungsgruppe des Erst-Tauchgangs gehört, das Zeitintervall, in das die tatsächliche OFP fällt. Dann folgt man dem Pfeil nach unten in die entsprechende Spalte der Zeitzuschlag-Tabelle. In der Zeile, die zur Tiefe des Wiederholungstauchgangs gehört, steht dort die Zahl der Minuten, die der tatsächlichen Grundzeit des Wiederholungstauchgangs zugeschlagen werden müssen, um den richtigen Dekompressionsplan für den Wiederholungstauchgang aus der Dekompressionstabelle abzulesen.

Wiederholungstauchgänge sollen am besten abnehmende, keinesfalls zunehmende Tiefen haben. Sinngemäß sollen auch aufeinanderfolgende *Nitrox*-Tauchgänge *nicht* mit *abnehmenden O_2-Gehalten* des Atemgases unternommen werden.

Folgt nach dem Tauchgang ein Flug, ist das DCS-Restrisiko erst dann praktisch vernachlässigbar, wenn die in der letzten Spalte der OFP-Tabelle zur Wiederholungsgruppe des Tauchgangs gehörende Wartezeit eingehalten wird. Folgt innerhalb der Flugwartezeit ein weiterer Tauchgang, wird dessen Flugwartezeit zur noch verbliebenen Wartezeit des Vortauchgangs addiert.

Unter der Spalte "Gas" ist der Atemgasbedarf der Tauchgänge für ein Atemminutenvolumen (AMV) von 20 l/min angegeben.

Die untenstehende Graphik erlaubt eine Übersicht der möglichen Grundzeiten für den Tiefenbereich der Tabelle für autonome, offene Tauchgeräte mit 10 l-, 15 l-, 2 x 10 l-, 2 x 12 l und 2 x 15 l-Flaschen, die auf 200 bar gefüllt sind.

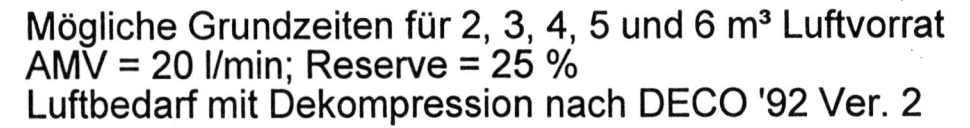

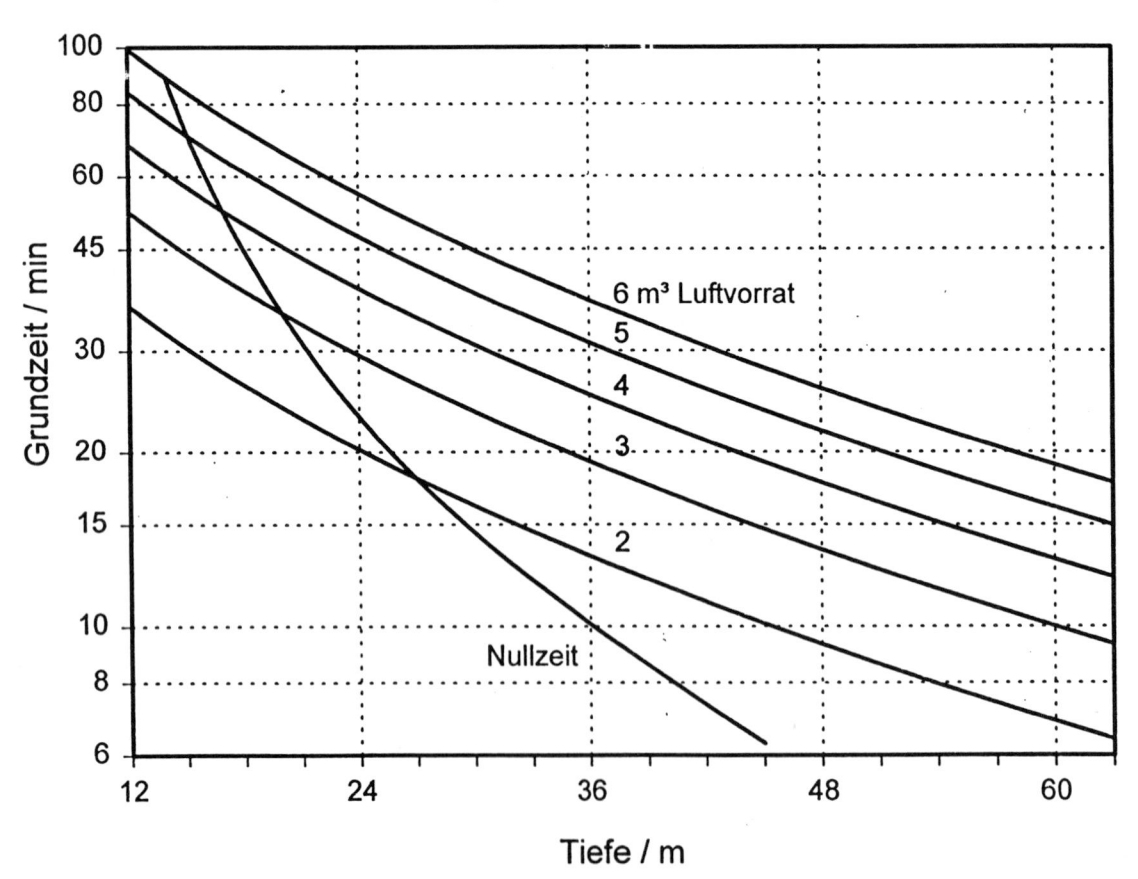

Mögliche Grundzeiten für 2, 3, 4, 5 und 6 m³ Luftvorrat
AMV = 20 l/min; Reserve = 25 %
Luftbedarf mit Dekompression nach DECO '92 Ver. 2

(Aus: O.F. Ehm, *Tauchen noch sicherer*, 7. Aufl. 1996, Müller Rüschlikon)

"OxTox" gibt die *Dosis* der auf das Zentralnervensystem *(ZNS)* wirkenden *Sauerstoff-Giftigkeit* in Prozent nach den Empfehlungen NOAA an (National Oceanic and Atmospheric Administration [USA]; NOAA Diving Manual, October 1991). *Bei einem einzelnen Tauchgang dürfen 100 % (außer für Lebensrettung) nicht überschritten werden.* Nach Erreichen von 100 % in einem Tauchgang sind mindestens 2 Stunden Oberflächenpause einzuhalten. Werden innerhalb eines Zeitraums von 24 Stunden zweimal 100 %, oder eine Gesamttauchzeit von 3 Stunden erreicht, muß eine OFP von mindestens 12 Stunden folgen.
Ist nach einem Nitrox-Tauchgang eine Druckkammerbehandlung vorgesehen, muß der behandelnde Arzt über die aktuelle OxTox-Dosis des Patienten informiert werden.

Literatur:
[1] *Hahn, M*; DECO '92 - die neuen Dekompressionstabellen des VDST, in Tauchmedizinische Fortbildung 2, Hrsg. H. J. Roggenbach, Verlag Stephanie Naglschmid, Stuttgart, S. 41 -54, 1993.
[2] *Weathersby, PK*; Survanshi, SS; Homer, LD; Parker, E and Thalmann, ED:Predicting the time of ocurrence of decompression sickness. J. Appl. Physiol. 72(4): 1541-1548, 1992.

Beispiel für Tabellenablesung
Nach 14 min Tauchen (mit Luft in Meereshöhe) auf 38 m Tiefe muß in 6 m 1 min und in 3 m 5 min dekomprimiert werden. Die Wiederholungsgruppe ist E. Nach einer Oberflächenpause von 140 min soll noch einmal auf 26 m getaucht werden. Die Wiederholungsgruppe E des ersten Tauchgangs führt über die Oberflächenpause (2:00 - 2:30) in der 24-m-Zeile (Interpolation zur sicheren Seite bedeutet hier: Ablesung bei der nächst geringeren Tiefe, d. h. größerem Zuschlag!) auf den Zeitzuschlag von 16 min. Nach einer wahren Grundzeit von 14 min muß bei 14 + 16 = 30 min abgelesen werden: 8 min Dekompression in 3 m. Die sichere Wartezeit bis zu einem Flug ist jetzt 30 Stunden (Wiederholungsgruppe F).

Selbstverständlich unterstellt die Tabelle, daß die Grundzeit vollständig auf der abgelesenen Tiefe verbracht wurde. Bei den im Sporttauchen üblichen Dreiecks-Profilen ergeben Tauchcomputer daher weitaus geringere Dekompressionsforderungen, als beim formalen Einsetzen der Werte für Maximaltiefe und Tauchzeit in die Tabellen für solche Profile herauskommen.

DECO'92 Ver. 2
Luft (0-700 m ü. NN)
VDST e.V.

Tiefe [m]	Zeit [min]	Deco [min]	Aufstieg [min]	Rep. Gr.	Gas [m^3]	OxTox. [%]
12	36		1.2	D	1.63	0
140'	54		1.2	E	2.43	0
	72		1.2	F	3.22	0
	90		1.2	G	4.02	0
	108		1.2	G	4.82	0
15	24		1.5	D	1.25	0
72'	36		1.5	E	1.86	1
	48		1.5	E	2.46	1
	60		1.5	F	3.06	1
	72		1.5	G	3.67	1
	84	4	5.5	G	4.38	1
18	15		1.8	C	0.91	1
45'	25		1.8	D	1.47	2
	35		1.8	E	2.03	2
	45		1.8	F	2.59	3
	55	4	5.8	F	3.26	4
	65	8	9.8	G	3.93	4
	75	14	15.8	G	4.65	5
21	11		2.1	C	0.76	1
31'	16		2.1	D	1.07	2
	21		2.1	D	1.39	2
	26		2.1	E	1.70	3
	31		2.1	E	2.01	3
	36	2	4.1	F	2.37	4
	41	5	7.1	F	2.76	4
	46	7	9.1	F	3.13	5
	51	10	12.1	G	3.52	6
	56	13	15.1	G	3.91	6
	61	17	19.1	G	4.32	7
24	7		2.4	B	0.57	1
23'	11		2.4	C	0.85	2
	15		2.4	D	1.12	2
	19		2.4	D	1.39	3
	23		2.4	E	1.66	3
	27	2	4.4	E	1.99	4
	31	4	6.4	F	2.32	5
	35	7	9.4	F	2.67	5
	39	9	11.4	F	2.99	6
	43	12	15.4	G	3.38	6
	47	14	18.4	G	3.73	7
	51	17	22.4	G	4.12	8
	55	19	26.4	G	4.51	8

Tauchsport-Seminar Dekompression　　　　　　　　Deco'92, Vers. 2, Luft (0–700 m ü. NN)

Tiefe [m]	Zeit [min]		Deco [min]	Aufstieg [min]	Rep. Gr.	Gas [m^3]	OxTox. [%]
27	6			2.7	B	0.56	1
18'	10			2.7	C	0.86	2
	14			2.7	D	1.15	3
	18			2.7	E	1.45	3
	22		2	4.7	E	1.80	4
	26		5	7.7	F	2.17	5
	30		8	10.7	F	2.55	6
	34		2	10	14.7	F	2.96	6
	38		3	13	18.7	G	3.37	7
	42		5	15	22.7	G	3.79	8
	46		7	18	27.7	G	4.23	9
	50		9	21	32.7	G	4.67	9
30	6			3.0	B	0.61	1
15'	9			3.0	C	0.85	2
	12			3.0	D	1.10	3
	15			3.0	D	1.34	3
	18		2	5.0	E	1.63	4
	21		4	7.0	E	1.92	5
	24		1	6	10.0	F	2.25	5
	27		2	8	13.0	F	2.57	6
	30		3	10	16.0	F	2.90	7
	33		5	12	20.0	G	3.26	7
	36		6	15	24.0	G	3.61	8
	39	1	7	17	28.0	G	3.97	9
	42	1	9	19	32.0	G	4.33	9
33	6			3.3	C	0.67	2
12'	9			3.3	D	0.93	2
	12			3.3	D	1.19	3
	15		2	5.3	E	1.50	4
	18		5	8.3	E	1.84	5
	21		1	7	11.3	F	2.18	6
	24		3	8	14.3	F	2.53	6
	27		5	10	18.3	F	2.91	7
	30	1	5	13	22.3	G	3.28	8
	33	2	7	15	27.3	G	3.70	9
	36	3	8	18	32.3	G	4.10	9
36	6			3.6	C	0.73	2
10'	10			3.6	D	1.10	3
	14		3	6.6	E	1.55	4
	18		2	5	10.6	F	2.03	6
	21		3	8	14.6	F	2.42	6
	24	1	4	11	19.6	F	2.85	7
	27	2	6	13	24.6	G	3.28	8
	30	3	7	16	29.6	G	3.70	9
	33	4	9	19	35.6	G	4.16	10

Tiefe [m]	Zeit [min]		Deco [min]	Aufstieg [min]	Rep. Gr.	Gas [m^3]	OxTox. [%]

Tauchsport-Seminar Dekompression — Deco'92, Vers. 2, Luft (0–700 m ü. NN)

Tiefe [m]	Zeit [min]				Deco [min]	Aufstieg [min]	Rep. Gr.	Gas [m^3]	OxTox. [%]
39	6					3.9	C	0.79	2
9'	9					3.9	D	1.08	3
	12				3	6.9	E	1.46	4
	15			1	5	9.9	E	1.84	5
	18			3	7	13.9	F	2.25	6
	21		1	5	9	18.9	F	2.70	7
	24		3	5	13	24.9	G	3.18	8
	27		4	7	16	30.9	G	3.65	9
42	4					4.2	C	0.64	2
7'	7					4.2	D	0.95	3
	10				2	6.2	E	1.32	4
	13			1	5	10.2	E	1.74	5
	16			4	6	14.2	F	2.18	6
	19		2	4	10	20.2	F	2.67	7
	22		3	6	13	26.2	G	3.17	8
	25	1	4	8	16	33.2	G	3.71	9
45	6					4.5	D	0.91	3
6'	8				1	5.5	D	1.16	4
	10				3	7.5	E	1.43	5
	12			2	4	10.5	E	1.74	5
	14		1	3	6	14.5	F	2.09	6
	16		2	3	9	18.5	F	2.43	7
	18		3	5	10	22.5	F	2.78	8
	20	1	3	6	13	27.5	G	3.15	8
	22	2	4	7	15	32.5	G	3.54	9
48	5					4.8	C	0.86	3
5'	7				1	5.8	D	1.12	4
	9			1	3	8.8	E	1.44	5
	11			2	5	11.8	E	1.75	6
	13		1	3	6	14.8	F	2.08	6
	15		2	4	9	19.8	F	2.47	7
	17	1	3	5	11	24.8	F	2.87	8
	19	2	3	6	14	29.8	G	3.25	9
	21	3	4	7	17	35.8	G	3.68	9
51	6				1	6.1	D	1.07	4
5'	8			1	3	9.1	E	1.40	5
	10			2	5	12.1	E	1.73	6
	12		1	3	7	16.1	F	2.10	7
	14		3	4	9	21.1	F	2.50	7
	16	1	3	6	11	26.1	F	2.91	8
	18	2	4	7	14	32.1	G	3.35	9

Tauchsport-Seminar Dekompression Deco'92, Vers. 2, Luft (0–700 m ü. NN)

Tiefe [m]	Zeit [min]				Deco [min]	Aufstieg [min]	Rep. Gr.	Gas [m^3]	OxTox. [%]
54	6				2	7.4	D	1.16	4
4'	8			1	4	10.4	E	1.50	5
	10			1	2	6	14.4	E	1.88	6
	12			2	4	7	18.4	F	2.27	7
	14		1	3	5	10	24.4	F	2.72	8
	16		2	4	6	13	30.4	G	3.17	9
57	6				3	8.7	D	1.26	4
3'	8			2	4	11.7	E	1.62	6
	10			2	3	6	16.7	F	2.05	7
	12		1	2	4	9	21.7	F	2.47	8
	14		2	3	6	12	28.7	F	2.96	9
	16	1	3	4	7	15	35.7	G	3.48	9
60	6				1	3	10.0	E	1.36	5
3'	8			1	2	5	14.0	E	1.76	6
	10		1	2	3	7	19.0	F	2.21	7
	12		2	3	4	11	26.0	F	2.71	8
	13	1	2	3	5	12	29.0	F	2.96	9
	14	1	2	4	6	14	33.0	G	3.22	9
63	6				1	4	11.3	E	1.46	6
2'	8			1	3	6	16.3	E	1.90	7
	10		1	2	4	9	22.3	F	2.39	9
	11		2	3	4	10	25.3	F	2.65	9
	12	1	2	3	6	12	30.3	F	2.96	10
	13	1	2	4	6	14	33.3	G	3.20	10

DECO`92 Ver.2
Luft (701-1500 m ü. NN)
VDST e.V.

Tiefe [m]	Zeit [min]	Deco [min]	Aufstieg [min]	Rep. Gr.	Gas [m^3]	OxTox [%]
12	36		1.2	D	1.53	0
112'	54		1.2	E	2.28	0
	72		1.2	F	3.02	0
	90		1.2	G	3.77	0
	108		1.2	G	4.52	0
15	24		1.5	D	1.19	0
60'	36		1.5	E	1.76	0
	48		1.5	E	2.33	0
	60		1.5	F	2.90	0
	72	5	6.5	G	3.58	0
	84	10	11.5	G	4.27	0
18	15		1.8	C	0.86	1
38'	25		1.8	D	1.40	1
	35		1.8	E	1.93	2
	45	3	4.8	F	2.54	2
	55	9	10.8	F	3.21	2
	65	15	16.8	G	3.89	3
	75	22	23.8	G	4.59	3
21	11		2.1	C	0.73	1
27'	16		2.1	D	1.02	1
	21		2.1	D	1.32	2
	26		2.1	E	1.62	2
	31	2	4.1	E	1.96	3
	36	5	7.1	F	2.33	3
	41	8	10.1	F	2.70	4
	46	12	14.1	F	3.09	4
	51	16	18.1	G	3.49	5
	56	1 20	23.1	G	3.91	5
	61	2 25	29.1	G	4.35	5
24	7		2.4	B	0.55	1
20'	11		2.4	C	0.81	1
	15		2.4	D	1.07	2
	19		2.4	D	1.33	3
	23	2	4.4	E	1.64	3
	27	4	6.4	E	1.95	4
	31	7	9.4	F	2.28	4
	35	11	13.4	F	2.64	5
	39	1 14	17.4	F	3.00	5
	43	3 17	22.4	G	3.39	6
	47	4 20	26.4	G	3.76	6
	51	6 24	32.4	G	4.17	7
	55	8 28	38.4	G	4.59	7

Tauchsport-Seminar Dekompression   Deco'92, Vers. 2, Luft (701–1500 m ü. NN)

Tiefe [m]	Zeit [min]				Deco [min]	Aufstieg [min]	Rep. Gr.	Gas [m^3]	OxTox [%]
27	6					2.7	B	0.53	1
16'	10					2.7	C	0.82	2
	14					2.7	D	1.11	2
	18					1	3.7	E	1.42	3
	22					4	6.7	E	1.77	4
	26					8	10.7	F	2.15	4
	30				2	10	14.7	F	2.55	5
	34				3	14	19.7	F	2.96	6
	38				5	18	25.7	G	3.40	6
	42				7	22	31.7	G	3.83	7
	46				10	26	38.7	G	4.30	8
	50			1	11	31	45.7	G	4.77	8
30	6					3.0	B	0.59	1
13'	9					3.0	C	0.82	2
	12					3.0	D	1.05	3
	15				2	5.0	D	1.33	3
	18				4	7.0	E	1.61	4
	21				7	10.0	E	1.92	4
	24				2	9	14.0	F	2.26	5
	27				3	12	18.0	F	2.59	6
	30				5	14	22.0	F	2.93	6
	33				7	17	27.0	G	3.29	7
	36			1	8	21	33.0	G	3.68	7
	39			2	9	25	39.0	G	4.07	8
	42			3	11	28	45.0	G	4.47	9
33	6					3.3	C	0.65	2
11'	9					3.3	D	0.90	2
	12				1	4.3	D	1.17	3
	15				4	7.3	E	1.49	4
	18				1	6	10.3	E	1.82	5
	21				2	9	14.3	F	2.17	5
	24				4	12	19.3	F	2.55	6
	27			1	5	15	24.3	F	2.94	7
	30			2	7	19	31.3	G	3.38	7
	33			3	9	22	37.3	G	3.79	8
	36			4	10	27	44.3	G	4.22	9
36	6					3.6	C	0.70	2
9'	10				1	4.6	D	1.08	3
	14				5	8.6	E	1.54	4
	18				3	8	14.6	F	2.05	5
	21				5	11	19.6	F	2.45	6
	24			2	5	15	25.6	F	2.89	7
	27			3	7	19	32.6	G	3.34	8
	30			4	9	23	39.6	G	3.80	8
	33		1	5	11	28	48.6	G	4.32	9

Deco'92, Vers. 2, Luft (701–1500 m ü. NN)

Tiefe [m]	Zeit [min]					Deco [min]	Aufstieg [min]	Rep. Gr.	Gas [m^3]	OxTox [%]
39	6						3.9	C	0.76	2
8'	9					1	4.9	D	1.07	3
	12					4	7.9	E	1.43	4
	15				2	7	12.9	E	1.85	5
	18			1	4	10	18.9	F	2.30	6
	21			2	6	14	25.9	F	2.77	7
	24			4	7	18	32.9	G	3.25	8
	27		1	4	9	24	41.9	G	3.78	9
42	4						4.2	C	0.62	2
6'	7						4.2	D	0.92	3
	10					4	8.2	E	1.32	4
	13				2	6	12.2	E	1.73	5
	16			1	4	10	19.2	F	2.23	6
	19			3	5	14	26.2	F	2.73	7
	22		1	4	7	19	35.2	G	3.29	8
	25		2	5	9	25	45.2	G	3.87	9
45	6						4.5	D	0.88	3
6'	8					2	6.5	D	1.15	4
	10				1	4	9.5	E	1.44	4
	12				3	6	13.5	E	1.76	5
	14			1	4	9	18.5	F	2.11	6
	16			2	5	12	23.5	F	2.46	6
	18		1	3	6	15	29.5	F	2.85	7
	20		1	4	8	18	35.5	G	3.23	8
	22		2	5	9	22	42.5	G	3.65	9
48	5						4.8	C	0.83	3
5'	7					2	6.8	D	1.11	4
	9				1	4	9.8	E	1.41	4
	11				3	6	13.8	E	1.75	5
	13			2	3	10	19.8	F	2.14	6
	15			3	5	12	24.8	F	2.51	7
	17		1	4	6	16	31.8	F	2.93	7
	19		2	4	8	20	38.8	G	3.36	8
	21	1	2	5	10	24	46.8	G	3.82	9
51	6					2	7.1	D	1.06	3
4'	8				1	4	10.1	E	1.38	4
	10			1	2	7	15.1	E	1.75	5
	12			2	4	9	20.1	F	2.13	6
	14		1	3	5	13	27.1	F	2.57	7
	16		2	3	7	17	34.1	F	3.00	8
	18	1	2	5	8	21	42.1	G	3.49	8

Tiefe [m]	Zeit [min]				Deco [min]	Aufstieg [min]	Rep. Gr.	Gas [m^3]	OxTox [%]
54	6				3	8.4	D	1.15	4
3'	8			2	5	12.4	E	1.51	5
	10		1	4	7	17.4	E	1.90	6
	12	1	2	5	11	24.4	F	2.35	6
	14	2	3	6	15	31.4	F	2.80	7
	16	1	2	4	8	20	40.4	G	3.31	8
57	6			1	3	9.7	D	1.25	4
3'	8		1	2	6	14.7	E	1.65	5
	10		2	4	9	20.7	F	2.07	6
	12	1	3	6	12	27.7	F	2.54	7
	14	1	2	4	7	18	37.7	G	3.10	8
	16	2	3	4	10	23	47.7	G	3.66	9
60	6			1	4	11.0	E	1.34	5
2'	8		1	3	7	17.0	E	1.78	6
	10	1	2	5	10	24.0	F	2.26	7
	12	2	4	6	15	33.0	F	2.80	7
	13	1	2	4	7	18	38.0	G	3.08	8
	14	1	3	4	8	21	43.0	G	3.36	8
63	6			2	5	13.3	E	1.46	5
2'	8		2	3	8	19.3	E	1.92	6
	10	2	2	5	13	28.3	F	2.47	7
	11	1	2	3	6	15	33.3	F	2.77	8
	12	1	2	4	7	17	37.3	G	3.03	8
	13	2	2	5	8	20	43.3	G	3.35	9

Tabelle für Oberflächenpausen und Wiederholungstauchgänge Luft

Oberflächenpause (h.min.)

Wiederholungsgruppe											
G	2.00	3.00	4.00	5.00	6.00	7.00	8.00	9.00	10.00	12.00	36 h
F	0.30	1.00	1.30	2.15	3.00	3.45	4.30	5.30	6.30	10.00	30 h
E			0.30	1.00	1.30	2.00	2.30	3.00	3.30	8.00	24 h
D					0.30	0.45	1.00	1.30	2.00	6.00	18 h
C							0.10	0.20	0.30	4.00	12 h
B								0.10	0.20	2.00	6 h

Tiefe (m) des Wiederholungstauchgangs									
12	66	60	54	47	41	35	30	25	20
15	52	47	42	37	32	27	23	19	16
18	43	39	34	30	26	22	19	16	13
21	36	33	29	26	22	19	16	13	11
24	31	28	25	22	19	16	14	12	10
27	27	25	22	19	17	14	12	10	8
30	24	22	20	17	15	13	11	9	8
33	22	20	18	16	14	12	10	8	7
36	20	18	16	14	12	11	9	7	6
39	18	17	15	13	11	10	8	7	6
42	17	15	14	12	10	9	8	6	5
45	16	14	13	11	10	8	7	6	5
48	15	13	12	10	9	8	6	5	4
51	14	12	11	10	8	7	6	5	4
54	13	12	10	9	8	7	6	5	4
57	12	11	10	9	7	6	5	5	4
60	11	10	9	8	7	6	5	4	4
63	11	10	9	8	7	6	5	4	3

Zeitzuschlag zur Grundzeit (min)

DECO'92 Ver. 2
Nitrox (NOAA I) (0-700 m ü. NN)
VDST e.V.

Tiefe [m]	Zeit [min]	Deco [min]	Aufstieg [min]	Rep. Gr.	Gas [m^3]	OxTox. [%]
12	20		1.2	B	0.92	3
416'	30		1.2	C	1.36	4
	40		1.2	D	1.81	6
	60		1.2	E	2.69	8
	80		1.2	F	3.58	11
	100		1.2	F	4.46	14
15	12		1.5	B	0.65	2
167'	20		1.5	C	1.05	4
	30		1.5	D	1.56	6
	40		1.5	E	2.06	8
	55		1.5	E	2.81	11
	70		1.5	F	3.57	14
	85		1.5	G	4.32	17
18	10		1.8	B	0.62	3
90'	16		1.8	C	0.96	4
	22		1.8	D	1.30	6
	32		1.8	E	1.86	8
	48		1.8	F	2.76	12
	64		1.8	F	3.66	16
	80		1.8	G	4.56	20
21	9		2.1	B	0.64	3
57'	14		2.1	C	0.95	5
	19		2.1	D	1.26	6
	27		2.1	E	1.76	9
	42		2.1	F	2.69	13
	57		2.1	F	3.63	18
	72	4	6.1	G	4.67	23
24	8		2.4	B	0.64	3
40'	12		2.4	C	0.91	5
	20		2.4	D	1.46	8
	30		2.4	E	2.14	12
	40		2.4	F	2.82	16
	50	3	5.4	F	3.59	19
	60	7	9.4	G	4.37	23

Tiefe [m]	Zeit [min]			Deco [min]	Aufstieg [min]	Rep. Gr.	Gas [m^3]	OxTox. [%]
27	6				2.7	B	0.56	3
30'	12				2.7	C	1.00	6
	18				2.7	D	1.45	8
	24				2.7	E	1.89	11
	30				2.7	E	2.34	14
	36			2	4.7	F	2.84	17
	42			5	7.7	F	3.36	19
	48			8	10.7	G	3.89	22
30	6				3.0	B	0.61	4
24'	9				3.0	C	0.85	5
	12				3.0	D	1.10	7
	18				3.0	E	1.58	10
	24				3.0	E	2.06	13
	30			3	6.0	F	2.62	16
	36			6	9.0	F	3.18	19
	42			9	12.0	G	3.74	22
33	5				3.3	B	0.58	4
19'	9				3.3	C	0.93	6
	14				3.3	D	1.36	9
	19				3.3	E	1.79	12
	24			2	5.3	F	2.28	15
	29			5	8.3	F	2.79	18
	34		1	7	11.3	F	3.30	21
	39		2	10	15.3	G	3.84	23
36	4				3.6	B	0.54	3
16'	8				3.6	C	0.91	6
	12				3.6	D	1.28	9
	16				3.6	E	1.65	12
	20			2	5.6	E	2.07	14
	24			5	8.6	F	2.52	17
	28		1	7	11.6	F	2.98	20
	32		3	8	14.6	G	3.43	22
	36		4	10	17.6	G	3.89	25
39	4				3.9	B	0.59	5
14'	6				3.9	C	0.79	7
	10				3.9	D	1.18	11
	14				3.9	E	1.58	15
	18			3	6.9	E	2.05	19
	22		1	5	9.9	F	2.52	23
	26		2	7	12.9	F	3.00	26
	30		4	9	16.9	G	3.51	30
	34	1	5	11	20.9	G	4.03	34

DECO'92 Ver. 2
Nitrox (NOAA I) (701-1500 m ü. NN)
VDST e.V.

Tiefe [m]	Zeit [min]	Deco [min]	Aufstieg [min]	Rep. Gr.	Gas [m^3]	OxTox. [%]
12	20		1.2	B	0.86	2
291'	30		1.2	C	1.28	3
	40		1.2	D	1.69	4
	60		1.2	E	2.52	7
	80		1.2	F	3.36	9
	100		1.2	F	4.19	11
15	12		1.5	B	0.61	2
128'	20		1.5	C	0.99	3
	30		1.5	D	1.47	5
	40		1.5	E	1.95	7
	55		1.5	E	2.66	10
	70		1.5	F	3.37	12
	85		1.5	G	4.09	15
18	10		1.8	B	0.59	2
73'	16		1.8	C	0.91	4
	22		1.8	D	1.24	5
	32		1.8	E	1.77	7
	48		1.8	F	2.63	11
	64		1.8	F	3.48	15
	80	2	3.8	G	4.39	18
21	9		2.1	B	0.61	3
48'	14		2.1	C	0.91	4
	19		2.1	D	1.20	6
	27		2.1	E	1.68	8
	42		2.1	F	2.57	12
	57	3	5.1	F	3.54	16
	72	9	11.1	G	4.57	21
24	8		2.4	B	0.61	3
34'	12		2.4	C	0.87	4
	20		2.4	D	1.40	7
	30		2.4	E	2.05	11
	40	3	5.4	F	2.78	14
	50	7	9.4	G	3.53	17
	60	12	14.4	G	4.30	20

Tiefe [m]	Zeit [min]		Deco [min]	Aufstieg [min]	Rep. Gr.	Gas [m^3]	OxTox. [%]
27	6			2.7	B	0.53	3
26'	12			2.7	C	0.96	5
	18			2.7	D	1.39	8
	24			2.7	E	1.82	10
	30		2	4.7	F	2.30	13
	36		5	7.7	F	2.80	15
	42		8	10.7	F	3.30	18
	48		12	14.7	G	3.82	20
30	6			3.0	B	0.59	3
21'	9			3.0	C	0.82	5
	12			3.0	D	1.05	6
	18			3.0	E	1.52	9
	24		2	5.0	E	2.03	12
	30		5	8.0	F	2.57	15
	36		9	12.0	F	3.13	18
	42		2 12	17.0	G	3.72	20
33	5			3.3	B	0.56	3
17'	9			3.3	C	0.90	6
	14			3.3	D	1.31	8
	19		1	4.3	E	1.75	11
	24		4	7.3	F	2.24	14
	29		1 7	11.3	F	2.76	16
	34		2 11	16.3	F	3.30	19
	39		4 14	21.3	G	3.85	21
36	4			3.6	B	0.52	3
14'	8			3.6	C	0.88	6
	12			3.6	D	1.24	8
	16		1	4.6	E	1.62	11
	20		4	7.6	E	2.05	13
	24		1 6	10.6	F	2.49	16
	28		2 9	14.6	F	2.94	18
	32		4 12	19.6	G	3.43	20
	36		6 14	23.6	G	3.90	22
39	4			3.9	B	0.57	4
12'	6			3.9	C	0.76	5
	10			3.9	D	1.14	9
	14		1	4.9	E	1.55	12
	18		4	7.9	E	2.00	15
	22		2 6	11.9	F	2.49	18
	26		4 9	16.9	F	3.00	21
	30		6 12	21.9	G	3.51	23
	34	2	6 16	27.9	G	4.06	26

Tabelle für Oberflächenpausen und Wiederholungstauchgänge Nitrox (NOAA I)

Oberflächenpause (h.min.)

Wiederholungs-gruppe												
	G	2.00	3.00	4.00	5.00	6.00	7.00	8.00	9.00	10.00	12.00	36 h
	F	0.30	1.00	1.30	2.15	3.00	3.45	4.30	5.30	6.30	10.00	30 h
	E			0.30	1.00	1.30	2.00	2.30	3.00	3.30	8.00	24 h
	D					0.30	0.45	1.00	1.30	2.00	6.00	18 h
	C							0.10	0.20	0.30	4.00	12 h
	B								0.10	0.20	2.00	6 h
Tiefe (m) des Wiederholungstauchgangs		↓	↓	↓	↓	↓	↓	↓	↓	↓		
	15	70	63	56	49	43	37	31	26	21		
	18	56	51	45	40	34	29	25	21	17		
	21	46	42	38	33	29	24	21	17	14		
	24	40	36	32	28	24	21	18	15	12		
	27	35	31	28	25	21	18	15	13	11		
	30	31	28	25	22	19	16	14	11	9		
	33	27	25	22	19	17	14	12	10	8		
	36	25	22	20	18	15	13	11	9	8		
	39	23	21	18	16	14	12	10	8	7		
	42	21	19	17	15	13	11	9	8	6		
	45	19	17	16	14	12	10	9	7	6		

Zeitzuschlag zur Grundzeit (min)

DECO'92 Ver. 2
Nitrox (NOAA II) (0-700 m ü. NN)
VDST e.V.

Tiefe [m]	Zeit [min]	Deco [min]	Aufstieg [min]	Rep. Gr.	Gas [m^3]	OxTox. [%]
12	20		1.2	B	0.92	4
757'	30		1.2	C	1.36	6
	40		1.2	D	1.81	8
	60		1.2	E	2.69	12
	80		1.2	F	3.58	15
	100		1.2	F	4.46	19
15	15		1.5	B	0.80	4
251'	25		1.5	C	1.30	6
	37		1.5	D	1.91	10
	49		1.5	E	2.51	13
	61		1.5	F	3.11	16
	73		1.5	F	3.72	19
	85		1.5	F	4.32	22
18	14		1.8	B	0.85	5
126'	22		1.8	C	1.30	7
	30		1.8	D	1.75	10
	40		1.8	E	2.31	13
	50		1.8	F	2.88	16
	60		1.8	F	3.44	20
	70		1.8	F	4.00	23
21	12		2.1	B	0.82	5
76'	18		2.1	C	1.20	8
	24		2.1	D	1.57	10
	36		2.1	E	2.32	15
	48		2.1	F	3.07	20
	60		2.1	F	3.81	25
24	10		2.4	B	0.78	5
52'	15		2.4	C	1.12	8
	22		2.4	D	1.60	11
	32		2.4	E	2.28	16
	42		2.4	F	2.96	21
	52		2.4	F	3.64	25
27	9		2.7	B	0.78	5
38'	14		2.7	C	1.15	8
	20		2.7	D	1.60	12
	26		2.7	E	2.04	15
	32		2.7	E	2.49	18
	38		2.7	F	2.93	22
	44	2	4.7	F	3.43	25
	50	4	6.7	G	3.93	28

Tauchsport-Seminar Dekompression Deco'92, Vers. 2, Nitrox (NOAA II) (0–700 m ü. NN)

Tiefe [m]	Zeit [min]	Deco [min]	Aufstieg [min]	Rep. Gr.	Gas [m^3]	OxTox. [%]
30	7		3.0	B	0.69	5
29'	11		3.0	C	1.01	8
	17		3.0	D	1.50	12
	23		3.0	E	1.98	16
	29		3.0	F	2.46	19
	35	2	5.0	F	2.99	23
	41	5	8.0	F	3.55	27
33	6		3.3	B	0.67	6
24'	9		3.3	C	0.93	9
	14		3.3	D	1.36	13
	19		3.3	E	1.79	17
	24		3.3	E	2.22	22
	29	2	5.3	F	2.71	26
	34	5	8.3	F	3.22	30
	39	7	10.3	G	3.70	35

DECO'92 Ver. 2
Nitrox (NOAA II) (701-1500 m ü. NN)
VDST e.V.

Tiefe [m]	Zeit [min]	Deco [min]	Aufstieg [min]	Rep. Gr.	Gas [m^3]	OxTox. [%]
12	20		1.2	B	0.86	3
477'	30		1.2	C	1.28	5
	40		1.2	D	1.69	7
	60		1.2	E	2.52	10
	80		1.2	F	3.36	13
	100		1.2	F	4.19	16
15	15		1.5	B	0.76	3
182'	25		1.5	C	1.23	6
	37		1.5	D	1.80	8
	49		1.5	E	2.37	11
	61		1.5	F	2.94	14
	73		1.5	F	3.51	17
	85		1.5	F	4.09	19
18	14		1.8	B	0.81	4
97'	22		1.8	C	1.24	7
	30		1.8	D	1.66	9
	40		1.8	E	2.20	12
	50		1.8	F	2.73	15
	60		1.8	F	3.27	18
	70		1.8	F	3.81	21
21	12		2.1	B	0.79	5
61'	18		2.1	C	1.14	7
	24		2.1	D	1.50	9
	36		2.1	E	2.22	13
	48		2.1	F	2.93	18
	60		2.1	F	3.64	22
24	10		2.4	B	0.74	5
43'	15		2.4	C	1.07	7
	22		2.4	D	1.53	10
	32		2.4	E	2.19	15
	42		2.4	F	2.84	19
	52	3	5.4	F	3.57	23
27	9		2.7	B	0.75	5
32'	14		2.7	C	1.11	8
	20		2.7	D	1.54	11
	26		2.7	E	1.97	14
	32		2.7	E	2.39	17
	38	3	5.7	F	2.89	20
	44	5	7.7	F	3.37	23
	50	8	10.7	G	3.87	26

Tiefe [m]	Zeit [min]		Deco [min]	Aufstieg [min]	Rep. Gr.	Gas [m^3]	OxTox. [%]
30	7			3.0	B	0.67	5
25'	11			3.0	C	0.98	7
	17			3.0	D	1.44	11
	23			3.0	E	1.91	14
	29		2	5.0	F	2.42	18
	35		5	8.0	F	2.96	22
	41		8	11.0	F	3.49	25
33	6			3.3	B	0.65	5
20'	9			3.3	C	0.90	7
	14			3.3	D	1.31	11
	19			3.3	E	1.73	14
	24		2	5.3	E	2.20	18
	29		5	8.3	F	2.68	21
	34		8	11.3	F	3.17	25
	39	1	10	14.3	G	3.67	28

Tabelle für Oberflächenpausen und Wiederholungstauchgänge Nitrox (NOAA II)

Oberflächenpause (h.min.)

Wiederholungsgruppe	2.00	3.00	4.00	5.00	6.00	7.00	8.00	9.00	10.00	12.00	36 h
G	0.30	1.00	1.30	2.15	3.00	3.45	4.30	5.30	6.30	10.00	30 h
F			0.30	1.00	1.30	2.00	2.30	3.00	3.30	8.00	24 h
E				0.30	0.45	1.00	1.30	2.00	6.00	18 h
D						0.10	0.20	0.30	4.00	12 h
C							0.10	0.20	2.00	6 h

Tiefe (m) des Wiederholungstauchgangs									
18	63	57	51	45	39	33	28	23	19
21	52	47	42	37	32	27	23	19	16
24	44	40	36	31	27	23	20	16	14
27	38	35	31	27	23	20	17	14	12
30	34	30	27	24	21	18	15	13	10
33	30	27	24	21	18	16	13	11	9
36	27	25	22	19	17	14	12	10	8
39	25	22	20	18	15	13	11	9	8

Zeitzuschlag zur Grundzeit (min)

ZERTIFIKAT

Herr/Frau

....

hat an einem
Seminar zum Thema

Dekompression

mit Erfolg teilgenommen.

....
(Tauchlehrer)

....
(Ort, Datum)   (Tauchschule)